Stéphane
Roussel

BERLINER NOVELLEN

Rowohlt

1. Auflage September 1995
Copyright © 1995 by Rowohlt Verlag GmbH,
Reinbek bei Hamburg
Umschlaggestaltung Barbara Hanke
(Fensterbild «Sonntagnachmittag» von
Werner Heldt, 1952. Berlinische Galerie,
Landesmuseum für Moderne Kunst,
Photographie und Architektur Berlin.
© VG Bild-Kunst, Bonn 1995)
Alle Rechte vorbehalten
Satz aus der Aldus (Linotronic 500)
Gesamtherstellung Clausen & Bosse, Leck
Printed in Germany
ISBN 3 498 05739 1

Inhalt

Der Märchenprinz

Juni 1951. Das erste Mal seit Kriegsende, daß in Berlin Internationale Filmfestspiele stattfanden. Ich wollte dabeisein.

Ich reiste nicht allein. Mein Begleiter war Pierre, ein junger Journalist, der zum Film wollte, als Schauspieler, Regisseur oder Produzent. Er war kürzlich in Italien gewesen, und ein Wochenende als Gast bei Luchino Visconti hatte ihn in der Überzeugung bestärkt, er habe Talent.

Der Flug nach Berlin war stürmisch gewesen. Es ging durch die von den Alliierten vorgeschriebenen Luftkorridore, schlechtem Wetter konnte man nicht entkommen. So war es denn nicht verwunderlich, daß uns der erste Weg, noch ehe wir unsere Zimmer bezogen, in dem wiederhergestellten großen Hotel am Kurfürstendamm in die Bar führte. Dort herrschte große Aufregung. Ein amerikanischer Filmindustrieller wollte wissen, warum immer wieder die Rede von «West-Berlin» sei; man spräche ja auch nicht von «West-Paris» oder «West-Rom». Als ihm erklärt wurde, daß Berlin – im Gegensatz zu den anderen Kapitalen – eine geteilte Stadt sei, eine Art «kleine Insel inmitten des Roten Meeres der russischen Besatzung», eilte der amerikanische Besucher zum

Empfang und bestellte für denselben Abend ein Rück-
flugbillett nach Los Angeles. Die geographische und politische Situation Berlins kannte er nicht, und sie flößte
ihm Angst ein.

Schon an diesem Abend erinnerte mich Pierre an mein
Versprechen, mit ihm in eines jener berühmten Berliner
Nachtlokale zu gehen, in denen es mehr Herren als Damen gibt. Er hatte sich von einem Pariser Freund eine
kleine Liste zusammenstellen lassen. Der Pariser Freund
war jedoch offensichtlich nicht mehr genau informiert:
zwei der aufgeführten Lokale waren im Krieg von den
alliierten Bomben zerstört worden, ein drittes wurde gerade umgebaut. «Wir gehen in die Kleist-Diele», ent-
schied ich.

Als wir das Hotel verließen, war die Dunkelheit schon
hereingebrochen, jene wohlmeinende Berliner Dunkelheit, die Zerstörung und Ruinen verbarg. Aber mit diesem Dunkel hatten wir zunächst nichts zu schaffen, im
Gegenteil, in der Nähe des Hotels war alles in grelles
Licht getaucht. Überall leuchteten Filmplakate, flamm-
ten Kinoreklamen, liefen riesige Buchstaben Dachtrau-
fen oder hohe Gerüste entlang: Willkommensgrüße in
vielerlei Sprachen, an die Besucher der Filmfestspiele gerichtet. Einige Herzschläge lang konnte man meinen, es
habe sich nichts geändert, Berlin sei noch ganz und noch
eine große europäische Metropole. Warum nicht mitspielen? Sich der Illusion hingeben, es sei eine Stadt wie
jede andere? Warum nicht vergessen?

Aber das Licht begleitete uns nur ein paar hundert Meter
weit, dann kam die Nacht zu ihrem Recht.

Neben mir plauderte Pierre immerzu weiter. «Kleist-

Diele», wiederholte er, «aber davon hat mir keiner meiner Freunde erzählt.»

Die Kleist-Diele war auch vor dem Krieg kein Touristenlokal gewesen. Man mußte Berliner sein oder Berlin sehr gut kennen, um mit dieser Bar vertraut zu werden. Sie machte keinerlei Reklame und – so schien es mir – war weniger lärmend als manche andere. Die Kleist-Diele war so etwas wie ein Stammlokal gewesen. Jedesmal, wenn mein Freund, der Schriftsteller Roger Madol, der in Paris lebte, für einige Wochen nach Berlin kam, traf ich ihn dort spät abends nach Redaktionsschluß. Wir erregten manchmal einiges Aufsehen. Madol war, was man eine stattliche Erscheinung nennen konnte: groß, rundlich, etwas älter als viele der anderen Gäste, das Monokel fest ins Auge geklemmt.

Überdies in Damenbegleitung.

Wir wählten immer denselben kleinen Tisch, im Blickfeld der halbrunden Theke. Dort scharte sich häufig eine kleine Gruppe von Gästen um einen Jungen, der, auf einem hohen Barstuhl sitzend, hofhielt – ein besonders junger, besonders blonder Junge, von makelloser Schönheit. Er war sich seiner Einmaligkeit bewußt. Er mußte obendrein amüsant sein, denn die kleine Schar seiner Getreuen brach immer wieder in schmeichelndes Gelächter aus. Um uns kümmerte er sich scheinbar nicht. Ob Madol ihn kannte, wußte ich nicht.

Kurz vor Mitternacht hatte der Junge, dem wir den Beinamen «Der Märchenprinz» gegeben hatten, seinen allabendlichen Auftritt. Die kurze Strecke vom Eingang zum Tresen legte er so natürlich und dabei so kunstvoll zurück, daß man von einem rhythmisch beschwingten

Gang hätte sprechen können. Etwa so, wie der Solotänzer in einem Ballett oft ein paar einfache Schritte vollführt, ehe er darangeht, seine Kunst zu entfalten. Ein strahlender Jüngling, den man gern entkleidet hätte sehen wollen, nicht zum persönlichen Gebrauch, sondern als Modell für einen Maler oder einen Bildhauer.

Einmal nur, an einem einzigen Abend, hatte ich den Eindruck, daß der Märchenprinz sich für uns interessierte. Madol hatte eine Flasche Sekt bestellt, und es war klar, daß an unserem Tisch gefeiert wurde. In der Tat hatte mein Freund vor einigen Stunden eine winzig kleine Insel in der Nordsee gekauft...

All das lag in dieser Berliner Juninacht sehr weit zurück. Madol lebt in den Vereinigten Staaten und kommt nur noch selten nach Europa.

Über holpriges Pflaster und schlecht geflickte Schlaglöcher erreichten wir endlich unser Ziel, Ecke Wittenbergplatz und Tauentzienstraße.

Auf den ersten Blick hatte sich in der Kleist-Diele kaum etwas verändert. Selbst der Märchenprinz saß am gewohnten Platz an der halbrunden Theke. «Hier um die Ecke wäre noch ein Tisch», sagte Pierre. «Ich möchte lieber diesen Tisch hier», sagte ich zu dem Kellner, der uns empfing. Der Tisch war frei, im Blickfeld der Theke.

Der Märchenprinz saß auf einem der hohen Stühle, um ihn eine kleine Schar von Bewunderern, manche von ihnen jünger als er. Er war noch immer schön und er muß auch immer noch unterhaltend gewesen sein, denn um ihn herum gab es immer wieder Gelächter, während sein Gesicht unbeweglich blieb. Seinem hellblonden Schopf schien der Krieg kein Haar gekrümmt zu haben. Doch.

10

Etwas war anders geworden. Sein Gesicht hatte das Kindhafte verloren, er war noch immer der Märchenprinz, aber ein Prinz, den das Tausendjährige Reich wachgeküßt hatte.

Er sah meinen Begleiter an: ein unbekannter hübscher Junge. Nicht der einzige hübsche Junge im Lokal, aber eben ein Unbekannter. In wessen Gesellschaft mochte er wohl sein? Nun wurde auch ich eines Blickes gewürdigt. Ein kühler, abwägender Blick, Damen wurden hier selten gesehen. Was suchte diese hier?

Aber dann runzelte er die Brauen. Aber dann schloß er für ein paar Sekunden die Augen, wie um sich besser zu konzentrieren. Aber dann preßte er die Lippen zusammen.

Neben mir ließ sich Pierre vernehmen: «Kennen Sie den Mann?» Er hatte «Mann» gesagt und nicht «Junge».

Ich erzählte ihm von dem «Märchenprinzen». Das was ich von ihm wußte, und das war nicht viel. «Warum gehen Sie nicht einfach zu ihm und sagen: ‹Ich kenne Sie von früher›?» sagte Pierre.

«Nein. Es ist an ihm, den ersten Schritt zu tun.»

Nach etwa einer Stunde kam Bewegung in die kleine Gruppe um den Märchenprinzen. Er gab dem Barmann ein Zeichen, dann ließ er in einer eleganten Geste sein linkes Bein vom Barhocker heruntergleiten und griff nach den beiden Holzkrücken, die ihm der Barmann hinreichte und die er mit einem schnellen Ruck unter die Achseln schob. Dann stakste der einbeinige Prinz dem Ausgang zu, an uns vorbei, ohne einen Blick auf mich zu werfen. Auf dem Holzfußboden war jedes Aufsetzen der Krücken deutlich zu hören.

Geschichte einer
glänzenden Sekretärin

Jede Karriere hat einen Anfang, selbst wenn es rückblikkend nicht immer leicht ist festzustellen, wann sie begonnen hat. Manchmal wählt das Schicksal auch kleine Umwege, die erst viel später zum Ziel führen.

So erging es Stéphanie. Ihre Karriere begann sie als «glänzende Sekretärin» in einer der größten Artisten-Agenturen Berlins; das Wort «Karriere» bekam sie während ihrer Arbeitszeit täglich mehrere dutzendmal zu hören. Den Beinamen «glänzend» verdankte sie weniger ihren Fähigkeiten auf der Schreibmaschine, die einiges zu wünschen übrigließen, als der Tatsache, daß sie schon des Morgens in glitzernder Abendkleidung erschien. Denn es gehörte zu ihren Aufgaben, abends in der Scala, im Wintergarten oder in kleinen Varieté-Theatern den Darbietungen ihrer Klienten beizuwohnen und zu berichten, wie sie beim Publikum ankamen. Und da fand sie es praktisch, schon morgens für den Abend elegant gekleidet ins Büro zu kommen. Es ersparte ihr ein hastiges Hin und Her. Aus dem heimischen Paris hatte sie eine ganze Kollektion besonders schön gearbeiteter Abendjacken mitgebracht. Dazu einen schwarzen Samtrock – die Sekretärin konnte sich sehen lassen.

Ohne daß sie es wußte, wurden die Artisten die besten

Lehrer für ihr weiteres Leben. Die Kunden der Agentur waren Künstler jeder Art, Akrobaten, Trapezkünstler, Seiltänzer, Musiker, Tänzer, Schlagersänger. Viele von ihnen, Amerikaner, Spanier oder Italiener, waren Männer und Frauen, die in strengster Disziplin lebten.

Nach der Vorstellung wurde nicht etwa gefeiert oder Sekt getrunken. Man ging früh zu Bett, am nächsten Morgen fing das unerbittliche Training wieder an. Die meisten arbeiteten «ohne Netz», also gefährlich, und Schlaf, erklärten sie, sei für sie die einzig sichere Medizin.

Sein Name war Joe Milne. Ein Künstlername. Aus den Akten der Agentur war zu ersehen, daß er richtig Josef Müller hieß und aus Wedding stammte, wo sein Vater eine kleine Bäckerei betrieb. Was Joe nicht daran hinderte, ein fließendes, fehlerfreies Englisch zu sprechen und ein vollendeter Artist zu sein.

Er kam häufig in die Agentur, und wenn er kam, ließ er die «glänzende Sekretärin» nicht aus den Augen. Vor allem, wenn sie, statt an der Schreibmaschine zu sitzen, durch den Raum ging, um aus dem Nebenzimmer etwas zu holen. So, als beobachtete er ihre Bewegungen.

Eines Tages lud er sie zum Abendessen ein. Sie hatte eigentlich in den Wintergarten gehen wollen, aber das konnte sie verschieben.

«Also dann auf heute abend, im Dachgarten-Restaurant Eden, wenn Ihnen das recht ist.»

Sie kannte das Restaurant Eden nicht, aber sie wußte, daß es eines der eleganten Lokale Berlins war.

Joe warf einen Blick auf die vielfarbene, golddurchwirkte

Abendjacke. «Sie brauchen sich wohl nicht umzuziehen.»

Beide waren pünktlich zur Stelle, und einige der Gäste warfen interessierte Blicke auf die Dame, die in Begleitung des bekannten Artisten war.

Joe kam schnell zur Sache: «Ich arbeite an der Idee einer neuen Nummer», kündigte er an.

Sie war nicht sehr neugierig auf seine Pläne. «Das besprechen Sie am besten mit dem Chef.»

«Sicher. Aber zuerst wollte ich Ihre Zustimmung haben.»

Sie holte ein rosa Ringelchen aus ihrem Krabbencocktail. Hatte sie richtig verstanden? «Meine Zustimmung? Was habe ich damit zu tun?»

Joe lachte. Wenn er lachte, sah man erst recht, wie klein sein Kopf war und wie wenig attraktiv sein Gesicht. Es war tatsächlich nur seine hohe Statur mit den eckigen breiten Schultern, die das aus ihm machten, was man einen schönen Mann nennt.

«Es geht darum, ob Sie damit einverstanden sind, bei meiner neuen Nummer mitzumachen.»

Sie legte die kleine Gabel hin und hatte plötzlich keine Lust mehr auf Krabbencocktail.

«Ich bin keine Zirkuskünstlerin. Worum geht es?»

Als habe er auf diesen Augenblick gewartet, beschrieb er die Nummer, die er ausgearbeitet hatte. Wie gewöhnlich würde die weiße Stute dabeisein, die zu jeder seiner Nummern gehörte. «Und auf der Stute stehen Sie, und als Höhepunkt ein schneller Galopp, bei dem das Pferd um die Manege treibt.»

Die Sekretärin war fassungslos. «Ich habe noch nie auf

einem Pferd gestanden. Und wenn ich es richtig über-
lege, habe ich auch noch nie ein Pferd aus der Nähe gesehen. Ich bin keine Reiterin.»

«Das lernt man», sagte Joe. «Sie haben alles, was dazu-
gehört. Sie sind schlank, Sie haben einen ganz speziellen
schwingenden Gang. Alles andere ist erlernbar.»

Sie suchte nach einem anderen Argument: «Wir wären
ein lächerliches Paar. Ich bin klein und Sie sind ein Meter
neunzig groß, schätze ich.»

«Ein Meter fünfundneunzig», korrigierte er, «darin liegt
ja der Charme. Im Kontrast.»

Sie schwieg.

«Ich biete Ihnen eine Chance, die sicherlich nicht wieder-
kommt.» Und setzte etwas boshaft hinzu: «Oder wollen
Sie Ihr Leben lang als Sekretärin an der Schreibmaschine
sitzen, dumme Briefe schreiben und Verträge ausfüllen?
Haben Sie überhaupt keinen Ehrgeiz?»

Es wurde ungemütlich.

«Ich will nicht in einem Zirkus auftreten.»

«Sondern?»

«Das machen, was man eine Karriere nennt.»

«Karriere? Wissen Sie überhaupt, was das Wort bedeutet? Wenn Sie Zeit dafür finden, schlagen Sie es doch
einmal im Lexikon nach. Im Knaur vielleicht.»

Lexikon? Knaur? War sie einem intellektuellen Zirkusreiter in die Hände gefallen?

Joe hatte die Rechnung bezahlt und gab sich nicht einmal
die Mühe, sie nach Hause zu begleiten. Sie interessierte
ihn nicht mehr, und er machte keinen Hehl daraus, daß
es für ihn reine Zeitverschwendung gewesen sei.

Auch für sie war es kein erfreulicher Abend gewesen.

Der «glänzenden Sekretärin» fiel es schwer, die unfreundlichen Worte zu vergessen, die Joe gesagt hatte: eine Frau ohne Ehrgeiz, die nichts anderes konnte, als auf der Maschine dumme Briefe zu tippen oder Verträge auszufüllen. Sie würde ihm beweisen, daß er sie unterschätzte. Aber wie? Sie mußte ihn eines Besseren belehren. Aber wann? Wie machten es die anderen? Zum Beispiel ihre Freunde, die mit wenigen Ausnahmen Schriftsteller waren oder Komponisten?

Am nächsten Tag machte sie sich früher auf den Weg ins Büro als sonst. Schon um acht Uhr saß sie an der Schreibmaschine, zum Erstaunen der Putzfrauen, die gerade ihre Arbeit beendeten.
Sie war dabei, ein Gedicht zu verfassen. Den Titel hatte sie schon: «Deprimierte Stimmung der Stenotypistin einer Artisten-Agentur». Langsam begann sie zu schreiben.

Deprimierte Stimmung der Stenotypistin einer
Artisten-Agentur.

Jeden Tag und alle Tage Briefe und Berichte und
                 Verträge. Verträge
Für große Leute mit großen Namen und auf
             wunderbar und unglaublich große Beträge.
Die beiden Amerikaner zum Beispiel, der eine klein
und mager und der andere (er ist ja so viel hübscher)
                   groß und stark.
Verdienen täglich (ohne Nachmittagsvorstellung und
          ohne Abzüge für die Provision) 450 Mark.

17

Aber dafür haben sie ja auch den Namen.
Ich müßte, um dieses Geld zu verdienen, viele, viele
– wie viele Tage? –
Sitzen und arbeiten. Und wenn ich einen von diesen
wirklich netten Amerikanern (die nur Englisch
sprechen) frage,
Warum das so ist, dann sagen sie, es wäre gefährlich,
was sie da tun und es ginge täglich um ihr Leben
Und sie wären eigentlich schlecht bezahlt, man
müßte ihnen das Doppelte und Dreifache geben
Denn wie leicht fliegt einem einmal etwas an den
Kopf und was dann?
Ja was dann? Aber bitte sehen Sie mich doch einmal an.
Mir fliegt doch alles an den Kopf. Jeder Vertrag,
jeder Brief
Und jeder plötzliche unvorhergesehene – ach so
falsche – Dativ,
Den meine gehorsame Hand stenographisch festlegt
und notiert,
Während mein mechanisch ungehorsamer Kopf ihn
mit einem dumpfen «J'accuse» in den Akkusativ
transponiert.
Manchmal muß ich an meinen Freund Gottfried
denken, der in der Früh, wenn er sich rasiert,
Über Sprachfeinheiten nachdenkt, mit einem Gehirn,
das so scharf ist wie sein Rasiermesser.
Zum Beispiel denkt er: Sagt man «tröstend oder
tröstlich»? Und wär es nicht besser...?
Mein Chef, der mit dem Dativ, müßte sich
stundenlang rasieren, um mit seinem Gehirn
(das so stumpf ist, wie die Klingen

Wo man sagt: Nein das geht wirklich nicht mehr)
Der Sprache das Geringste abzuringen.
Aber ich glaube, er geht zum Friseur.
Ich arbeite und habe mein Einkommen. Wie alle Leute.
So ist das Leben.
P. S.
Übrigens bin ich nicht immer so schlecht gelaunt wie
                                                        heute.

Sie las den Text noch einmal durch. Es waren holprige
Sätze, und mit den Reimen stimmte es auch nicht so
recht. Sie wußte nicht, daß gerade damals holprig Mode
war.
An wen sollte sie die Verse schicken? Im benachbarten
Zeitungskiosk hatte sie ein Literaturmagazin gesehen,
das ziemlich eindrucksvoll wirkte.
Sie schickte ihren Text an den «Querschnitt».
Einige Tage später kam ein Telefonanruf – sie hatte für
das Gedicht ein Pseudonym gewählt, aber ihre richtige
Adresse angegeben –, und ein Redakteur des «Querschnitt» teilte ihr mit, daß die «Deprimierte Stimmung»
in der nächsten Nummer erscheinen würde. Er schlug
ihr ein Honorar vor, das ihr, verglichen mit dem, was sie
verdiente, beachtlich hoch erschien.
Es war ein wirklicher Erfolg und eine große Freude. Das
Gedicht wurde gedruckt. Aber die Freude hielt nicht an.
Ihr Chef, dem ein Freund das Gedicht mit einem kurzen
ironischen Kommentar zugeschickt hatte, ließ sie wissen, er werde vom Ende dieses Monats an darauf verzich-
ten, weiter mit der «deprimierten» Sekretärin zusam-
menzuarbeiten. Der Brief enthielt einen Scheck, der grö-

ßer war, als sie erwartet hatte. Das änderte aber nichts an der Tatsache, daß sie nun arbeitslos war.

Als sie eines Tages durch die Kochstraße ging – ein befreundeter Mann vom Film hatte ihr ein Manuskript anvertraut, das ins Französische übersetzt werden sollte –, hielt ein großer amerikanischer Wagen dicht neben ihr, dem Joe Milne, der Zirkusreiter, entstieg. «Kann ich Sie irgendwohin fahren? Das Zeug, das Sie unter dem Arm tragen, wiegt sicher eine ganze Menge.»
Wieder konnte Joe eine kleine Bosheit nicht unterlassen: «Hätten Sie damals mein Angebot angenommen, müßten Sie jetzt nicht schwere Manuskripte durch die Straßen schleppen. Vielleicht hätten Sie sogar einen eigenen Wagen.» Er wiederholte sein Angebot, sie nach Hause zu fahren.
«Nein danke, ich gehe lieber zu Fuß.»
Von der «glänzenden Sekretärin» war kaum etwas übrig. Wäre sie tagsüber in der Gala-Aufmachung, die sie seinerzeit im Büro getragen hatte, in den Straßen Berlins umhergelaufen, man hätte sie für verrückt gehalten.
Aber sie hatte Glück. Kaum drei Monate später wurde sie von Schweizer Freunden für den Abend zu Schwanneke eingeladen, einem damals sehr populären Künstlerlokal. Der Zufall – aber war es wirklich ein Zufall oder einer jener kleinen Umwege, die jedes Menschen Schicksal in Bereitschaft hält? – saß am Nebentisch und in kleiner Gesellschaft: der Berliner Vertreter der größten Pariser Morgenzeitung. Die Schweizer Freunde, ein Schriftsteller und eine Übersetzerin, waren aneinandergeraten. Sie versuchte zu schlichten. Der Herr von ne-

benan wurde auf die junge Frau aufmerksam, die für diesen Abend eine reichbestickte goldfarbene Tunika gewählt hatte. Der französische Journalist machte sich mit dem Nebentisch bekannt, und ein paar Tage später wurde die ehemalige «glänzende Sekretärin» als Mitarbeiterin engagiert.

In ihrer neuen Tätigkeit fiel ihr eines Tages das Lexikon in die Hände, von dem Joe Milne gesprochen hatte. «Sehen Sie im Knaur nach, und Sie werden sehen, daß ich Ihnen eine wirkliche Karriere vorschlage.» Sie suchte das Wort «Karriere». Joe hatte recht gehabt, hier stand es: «Karriere – schnellster Galopp des Pferdes; (erfolgreiche) Laufbahn.» Mit dem Galopp wollte sie nichts zu tun haben, aber der zweite Teil der Definition, nach dem Strichpunkt, sollte gelten, und zwar ohne Klammer: erfolgreiche Laufbahn.

Knapp zwei Jahre später wurde sie die Nachfolgerin des inzwischen erkrankten Journalisten.

In den ersten Wochen fürchtete sie, der neuen Aufgabe nicht gewachsen zu sein. Es dauerte eine Weile, bis sie verstand, daß die Welt der Politik von derjenigen der Artisten eines Zirkus nicht so weit entfernt war. Vieles haben sie gemeinsam: Energie, Disziplin, Mut, Unternehmungsgeist, den Entschluß, auch einen gefährlichen Weg zu gehen. Dazu etwas Schminke und den Willen, das Publikum für sich zu gewinnen, es gegebenenfalls zum Lachen zu bringen und in jedem Falle zum Applaudieren. Dabei immer wieder die Angst, auf der Strecke zu bleiben.

Die Politik wurde immer dramatischer und die Arbeit immer härter. Auf die Frage, wie sie es schaffte, hatte sie eine Antwort bereit: «Meine besten Lehrer waren Akrobaten. Von ihnen habe ich gelernt, wie wichtig es ist durchzuhalten, nicht daran zu denken, daß man ohne Netz arbeitet, und nicht zu zeigen, wie man sich freut, wenn alles gutgegangen ist.»

Die Handschuhe

Es war früher Nachmittag, als der bekannte Tennisspieler das Handschuhgeschäft am Berliner Kurfürstendamm betrat. Die kleine Verkäuferin erkannte ihn
sofort. Sein Foto erschien immer häufiger in den Zeitungen. Er kam in Begleitung einer Dame, die etwas älter zu
sein schien als er.

«Ich möchte die Handschuhe abholen, die mein Mann
für mich bestellt hat.»

«Auf welchen Namen, bitte?» fragte die kleine Verkäuferin. Die Dame nannte den Namen.

Hatte das Gesicht des Mädchens die Farbe gewechselt?
Eifrig holte die Verkäuferin eine Leiter, um die flachen
Schachteln erreichen zu können, die in mehreren Fä-
chern, eine ganze Wand entlang, darauf warteten, abgeholt zu werden.

«Suchen Sie nicht weiter», rief ihr die Kundin zu. Von
einem niedrigen Handwagen voller Päckchen nahm sie
eine hübsch dekorierte Schachtel mit dem Namen ihres
Mannes. Eine richtige Luxusaufmachung. Die Frau hob
den Deckel hoch, sie war neugierig zu sehen, ob er das
Passende ausgesucht hatte, sportliche Wildlederhand-
schuhe, das Richtige zum Chauffieren oder Reisen. Aber
die Geschenkpackung enthielt eine Überraschung: flie-

derfarbene Glacéhandschuhe mit weiten, reich gefransten Stulpen. Da mußte ein Irrtum vorliegen. Sie wollte die Verkäuferin darauf aufmerksam machen, als sie eine Visitenkarte entdeckte, die tatsächlich den Namen ihres Mannes trug. Sie brach in lautes Lachen aus, aber es klang nicht ganz echt.

«Sie dürfen mir wohl nicht sagen, Fräulein, für welches Flittchen, ich will sagen, für welche Kundin diese Handschuhe bestimmt sind?» Und ihrem Begleiter zugewandt fügte sie hinzu: «Ich hätte Lust, sie anzuprobieren...»

Mit einer auffallend brüsken Geste riß die kleine Verkäuferin die Handschuhe an sich. «Das ist eine Geschenkpackung», erklärte sie. «Die Ware darf nicht aus dem Karton genommen werden.»

Die Kundin sah sie erstaunt an.

«Bravo», sagte der berühmte Tennisspieler. «Bravo. Sie verstehen es, Ihre Handschuhe zu verteidigen. Sie sind ja richtig rot geworden.»

Bald waren auch die sportlichen Handschuhe gefunden, im Gegensatz zu den fliederfarbenen in einer einfachen Allerweltsverpackung. Der Tennisspieler wandte sich der Freundin zu: «Willst du nicht ein paar weiße Handschuhe mitnehmen für die langweilige Cocktailparty heute abend mit deinem Gatten?»

«Ich habe zu Hause eine ganze Schublade voll weißer Handschuhe.»

Lachend verließen die beiden den Laden.

Der kleinen Verkäuferin war nicht zum Lachen. Das also war die zarte, überempfindliche, die zurückgezogen lebende, diskrete, ganz von ihrem Ehemann abhängige

Gattin des Großen Mannes, auf die immer Rücksicht genommen werden mußte! Und sie hatte diesen Unsinn geglaubt! Sie war nicht wirklich böse auf den Großen Mann, sie war böse auf sich und ihre Naivität. Wie stolz war sie darauf gewesen, daß der stadtbekannte Rechtsanwalt ihr, der kleinen Verkäuferin, soviel Aufmerksamkeit schenkte. Manchmal wagte sie davon zu träumen, daß er ihretwegen seine Frau verlassen werde.

Mechanisch öffnete sie die Geschenkpackung, an der die Kundin sich hatte vergreifen wollen, nahm einen der Handschuhe heraus, sah ihn von allen Seiten an, dann zog sie ihn langsam über die Finger ihrer linken Hand. Sanft schmiegte sich das Leder an die junge Haut. Die Stulpe war vielleicht etwas zu weit geraten, aber das war ja gerade der Reiz: ein Kleidungsstück für sich. Ja, die Handschuhe waren ein Geschenk des Großen Mannes, vor einigen Wochen bestellt und bezahlt und vergessen. Des Großen Mannes. War er nicht nur ein schwächlicher Ehemann, den seine Frau und ein Tennisspieler öffentlich lächerlich machten?

Der prominente Rechtsanwalt war nicht ihr erster Liebhaber gewesen. Vorher hatte es Helmut gegeben, der in einer Speditionsfirma arbeitete. Sie trafen sich in ihrer einfachen Eineinhalbzimmerwohnung. Er brachte immer einen großen Strauß Feldblumen mit, die man auf zwei oder drei Vasen verteilen mußte. Helmut war ein einfacher Junge, ganz anders als der Große Mann, aber wenn er sie in seine Arme nahm, konnte es in keinem Königsschloß ein glücklicheres Geschöpf geben als die kleine Verkäuferin in ihrer schlichten Wohnung.

Auch der Große Mann hatte bei seinem ersten Besuch

Blumen mitgebracht, kostspielige gelbe Rosen, eine Sorte, die später aussterben würde. Sie hießen Marschall-Niel-Rosen, dufteten sehr stark, und es war nicht leicht, für ihre kurzen Stiele die richtige Vase zu finden. Er hatte sich in der Wohnung kaum umgesehen, es war die Mietwohnung einer jungen Angestellten, die sich nichts Besseres leisten konnte. Er hatte sie in die Arme genommen, irgend etwas von «Liebe auf den ersten Blick» gemurmelt. Hatte sie damals an Helmut gedacht?

Und da saß sie auch schon im Büro des Handschuhgeschäfts am Telefon, wählte die vertraute Zahlenreihe, hörte Helmuts Stimme, und die letzten Monate waren mit einem Male wie ausgelöscht. «Ob ich morgen abend Zeit für dich habe? Was für eine dumme Frage. Sag mir, wo wir uns treffen wollen und um wieviel Uhr.»

Kaum war das Gespräch beendet, klingelte das Telefon. Der Große Mann. «Ich komme nachher vorbei, um Handschuhe für meine Frau abzuholen...» – Sie unterbrach ihn: «Ist nicht mehr nötig. Sie war vorhin selber hier. Nicht allein, übrigens. Ich glaube, ihr Begleiter freut sich nicht besonders auf den heutigen Abend in deiner Gesellschaft.» – Sie legte den Hörer auf. Niemals vorher hätte sie es gewagt, so unverblümt mit dem Großen Mann zu sprechen.

Ihr Blick fiel auf die Einkaufstasche, die all das enthielt, was zum Abendessen eines jungen Mädchens gehört, das auf seine Linie achtet. Sie würde allein sein, wie fast immer, seit sie die Geliebte des Großen Mannes war. Nur selten, sehr selten konnte er einen Abend mit ihr verbringen.

Der nächste Abend. Ein Gartenlokal. Sie kam etwas verspätet und abgehetzt an. Im letzten Moment waren noch Kunden gekommen, sie hatte keine Zeit gehabt, sich zurechtzumachen, nur den Lippenstift... Helmut unterbrach ihren Wortschwall. «Du brauchst doch keinen Lippenstift und keine Schminke.» Er lächelte. «Und auch die häßlichen Handschuhe brauchst du nicht, es sei denn, du mußt für deine Firma Reklame laufen.»

Sie hatte die Handschuhe ausgezogen und unter ihre große Handtasche auf den Tisch gelegt. Irgendwann mußten sie auf den Rasen gefallen sein, ohne daß sie es merkte. Sie war zu sehr damit beschäftigt, Helmut wiederzusehen, seine blonden Haare und seine hellblauen Augen, in denen man sich gleich zu Hause fühlte.

Sie bestellten Weißwein, und sie tranken.

Wovon spricht man, wenn man einander viele Monate nicht getroffen hat? Helmut fiel nichts Besseres ein, als von dem Film zu erzählen, den er am Abend vorher gesehen hatte. «Der blaue Engel». Und die Hauptrolle spielte eine noch ziemlich unbekannte Schauspielerin, Marlene Dietrich. Das Mädchen war erstaunt. Die «unbekannte Schauspielerin» war eine Kundin, und sie wußte eine ganze Menge von ihr. So unbekannt sei Marlene Dietrich nicht. Sie habe einmal in einer Revue mitgemacht, «Die zwei Krawatten» mit Hans Albers, und bei dem großen Schlußauftritt der Girls sei sie die zweite oder dritte von links gewesen und schon damals nicht nur dem Berliner Publikum, sondern auch ihrem späteren amerikanischen Filmproduzenten aufgefallen.

Sie merkte zu ihrem Erstaunen, daß sie zu jemandem sprach, der ihr zuhörte. Fast ein Jahr lang war *sie* die

Zuhörerin, das Publikum gewesen. Das Thema war immer das gleiche: die schwierige Ehe des Großen Mannes, eine Gattin, auf die man Rücksicht nehmen mußte. Sie schob den Gedanken weg. Das alles war nicht mehr wichtig. Hier saß sie mit Helmut, hier war sie daheim, hier gab es einen Mann, der ein Jahr lang auf die Wiederkehr der Geliebten gewartet hatte.

Helmut zündete sich eine Zigarette an, rauchte ruhig vor sich hin, und ließ sie sprechen.

«Beinahe hätte ich etwas vergessen», sagte er plötzlich, stand auf und ging zu dem Möbelwagen, der nahe am Eingang geparkt war. Er brachte ihr einen Strauß Feldblumen. «Ich hatte sie in einem Wassereimer», erklärte er. Die Blumen waren so frisch, als seien sie eben erst gepflückt worden. Sorgfältig wischte er mit seinem Taschentuch die Stiele ab. – «Für dich, Tina», sagte er. Die kleine Verkäuferin hieß Christine.

Als er ihr den Strauß überreichte, fiel ihr Blick auf seine Hand. Sie war grenzenlos erstaunt, daß sie den Ehering nicht schon früher gesehen hatte. Er nahm ihr den Blumenstrauß aus der Hand, legte ihn auf den Tisch und setzte sich wieder ihr gegenüber. Sie schwiegen beide.

«Ich muß bald nach Hause», sagte er schließlich.

Sie sagte: «Du wirst sicher erwartet.» Einen Moment lang blickten sie sich in die Augen. «Ich weiß», sagte sie.

«Nichts weißt du», begann er. Sein Gesicht wirkte plötzlich sehr müde. «Ich habe dir ja noch nichts erzählen können.»

Sie stand auf.

«Ich habe meinen Lieferwagen vor der Tür», sagte er.

«Ich nehme lieber eine Taxe», sagte sie.

«Vergiß die Blumen nicht!»

«Ich will sie nicht.»

Und mit einem Anflug von Bosheit: «Die kannst du deiner Frau mitbringen.» Auf dem Weg zum Taxi sprachen sie nicht miteinander, es war nichts zu sagen. Als der Taxenstand in Sicht kam, blieb er stehen. Und sagte fast zornig: «Du weißt gar nichts. Ich habe auf dich gewartet, fast ein Jahr. Dann lernte ich Klara kennen. Und jetzt erwartet sie ein Kind.» Und fügte hinzu: «Wir haben vor drei Wochen geheiratet.»

Sie waren am Taxenstand angekommen. «Leb wohl. Komm gut heim.»

Sie nannte dem Fahrer die Adresse. ‹Komm gut heim.› Heim in die kleine leere Wohnung.

Sie hatte Helmut wiedergefunden, nur um ihn für immer zu verlieren. Sie hatte ihn nicht einmal geküßt.

‹Komm gut heim.› Sie saß in der Taxe. Heute war ein schlimmer Tag. Ein langes Wochenende lag vor ihr. Das Leben war eine schwierige Angelegenheit, mit der man kaum allein fertig werden konnte. Es war töricht gewesen anzunehmen, Helmut würde geduldig darauf warten, daß sie eines Tages zu ihm zurückfand.

Eine leere Wohnung erwartete sie. Sie war allein. Sie mußte an eine Kollegin denken, die ihr oft gesagt hatte: «Es ist nicht gut, allein zu sein.» Sie hörte nicht immer hin, wenn die Kollegin sprach. Ihre Sätze waren oft so formuliert, als hätte irgendeine Autorität von außen ihr die Worte vorgesagt. Sie verfügte außerdem über einen Wortschatz, der ihr, der kleinen Verkäuferin, fremd

war. ‹Man dürfe nicht allein bleiben.› ‹Man müsse zu-
sammenhalten.›

Die Kollegin gehörte irgendeiner Jugendorganisation an,
die jeden Sonntag gemeinsame Ausflüge oder auch Vor-
lesungen veranstaltete. Heute, an diesem späten Sonn-
abendabend, war Tina versucht, gelegentlich mitzumachen.

Ehe Tina zu Bett ging, riß sie, wie es ihre Gewohnheit
war, das heutige Blatt von einem großen Kalender, der
an der Wand hing. Ein hübscher Kalender, Geschenk der
Firma, jedes Blatt mit bunten Blumen dekoriert. «Feldblumen», murmelte sie vor sich hin, schob aber energisch die aufkommende Traurigkeit weg. Dachte beim
Anblick des Datums: Schon ist ein ganzer Monat ver-
gangen seit jener Silvesternacht, die sie mit dem Großen
Mann verbringen durfte, weil seine Frau im Kreis der
fernen Familie im Rheinland (oder auch, wer weiß, in
Gesellschaft des Tennisspielers?) feierte. Der Abend zu
zweit schien ein gutes Vorzeichen für das Jahr 1933, das
in jener Nacht begann. Das Jahr 1933 würde ihr Glück
bringen.

Der Sonntagmorgen war angebrochen, ein richtiger
Wintertag. Tina war früh aufgewacht, so als hätte dieser
Sonntag ihr etwas Besonderes zu bieten. Und gerade das
war nicht der Fall. Sollte sie den beiden Männern nach-
weinen? Nein, lieber etwas Praktisches unternehmen.
Sie würde zunächst die Wohnung in Ordnung bringen.
Aufräumen. Und wieder fiel ihr die Arbeitskollegin ein,
die Frau mit dem oft so fremden Vokabular. «Wir müssen aufräumen», sagte sie immer wieder. Tina war weit
davon entfernt zu vermuten, daß es nicht darum ging,

Schränke zu reinigen oder Fensterscheiben zu putzen. In Wahrheit handelte es sich um ein anderes «Aufräumen», bei dem nicht nur Staub oder Unrat, sondern auch Einrichtungen und Menschen weggeräumt werden sollten.

Der Gedanke an die Kollegin ließ sie nicht los. Sie schien glücklich zu sein, und glückliche Menschen waren derzeit selten. Am besten wäre es, die immer wiederkehrenden Einladungen endlich anzunehmen und bei einer Wanderung mitzumachen.

Ich habe nicht die passenden Schuhe, fiel ihr ein, feste Schuhe mit flachen Absätzen. Gleich morgen, Montag und Zahltag, würde sie versuchen, etwas Passendes zu finden. Der Plan gefiel ihr. Die flachen Absätze wären sozusagen ein neuer Anfang.

Wie gewohnt galt ihr erster Blick dem Kalender.

30. Januar 1933. Ein besonderer Tag. Nicht nur für sie.

Und die fliederfarbenen Handschuhe?

Spät am Montagabend – das Gartenlokal war sonntags geschlossen – fand ein Kellner die Handschuhe auf dem Rasen liegend. «Was mache ich damit?» fragte er die Chefin. Sie betrachtete die Handschuhe. «Handgenäht», bemerkte sie anerkennend.

«Die Dame kommt bestimmt in den nächsten Tagen wieder, um sie abzuholen.»

Aber die Dame kam nicht wieder.

Das Lied
eines Arbeitslosen

Frau Wittlich war eine jener Berliner Schneiderinnen, die man aufsuchte, um ein besonders elegantes Kleidungsstück zu erwerben, das, wenn möglich, so aussah, als sei es in Paris bestellt worden. Ihre Adresse im Zentrum der Stadt war ein Geheimtip, die Kundinnen gaben sie ungern weiter. Sie wollten verhindern, daß der Modesalon überlaufen war und sich deshalb die eventuellen Wartezeiten verlängerten.

Eine solche Schneiderin war eine wichtige Persönlichkeit zu einer Zeit, als es noch nicht Dutzende von Boutiquen gab, in denen man fertige Kleider kaufen konnte. Gewiß gab es Damen, die nach Paris fuhren, um ein Modell bei Poiret oder Chanel zu erstehen. Die meisten aber waren auf Künstlerinnen wie Frau Wittlich angewiesen, wenn sie gesellschaftlich in einer so großen und internationalen Stadt wie Berlin mithalten wollten.

Allerdings war der Kauf eines Kleides damals eine nicht nur kostspielige, sondern auch zeitraubende Angelegenheit. Zunächst war ein erster Besuch bei Frau Wittlich nötig. Er galt dem genauen Studium deutscher, französischer, manchmal auch, wenn es um sportliche Kleidung ging, englischer Modejournale. Das gewählte Material mußte man selber besorgen, oder wenn man Glück hatte, konnte man es in den reichen Beständen von Stoffen jeder Art entdecken, die im Modesalon Wittlich zu finden waren.

Es folgte die erste Anprobe. Frau Wittlich, eine Frau von einfacher Eleganz, war sehr gewissenhaft. Immer wieder ging sie in die Knie, um den Fall eines Kleides, die Breite eines Saumes besser beurteilen zu können. Schließlich setzte sie sich auf einen Stuhl und bat die Kundin, auf sie zuzukommen, um das Kleid ‹in Bewegung› beurteilen zu können.

Der Höhepunkt war, wenn bei der zweiten und letzten Anprobe – das Kunstwerk war vollendet – nach der Directrice gerufen wurde, damit sie ihr Gutachten abgab. Frau Wittlich war eine großzügige Chefin. Sobald ihre erste Mitarbeiterin den Ankleideraum betrat, überließ sie ihr das Feld. Gewollt oder ungewollt war der Ablauf immer der gleiche. Vera West, die Directrice, schlug zunächst die Hände zusammen, als wolle sie Beifall spenden. Aber dann näherte sie sich mit halbgeschlossenen Augen und beschäftigte sich mit einem Detail. Hier ein Knopf, der besser etwas mehr nach links versetzt wurde, oder dort ein winziger Abnäher, der den Rock besser sitzen ließ. Sie hatte immer recht, und ihr Rat wurde befolgt.

Vera West war erheblich jünger als Frau Wittlich und sah obendrein noch um einiges jünger aus, ein zierliches Persönchen, stets sorgfältig zurechtgemacht und immer guter Laune. Wenn die Rede auf ihr Alter kam und man sie «etwas über dreißig» schätzte, lachte sie. Sie habe einen Sohn von neunzehn Jahren.

Frau West war stolz auf ihren Jungen, der in einer großen Baufirma als Hilfsbuchhalter angestellt war. In ein paar Jahren, sagte sie oft und lächelte dabei, würde er Oberbuchhalter sein.

Dieter war hübsch, groß, schlank, hatte haselnußfarbenes Haar, dazu graue Augen. «Er sieht seinem Vater ähnlich», pflegte Vera zu erklären. Ihr Mann war in den letzten Tagen des Weltkrieges an der Westfront schwer verwundet worden und auf dem Transport in die Heimat gestorben. Dieter war damals fünf Jahre alt gewesen, konnte sich aber gut an den Vater erinnern.

Hin und wieder holte Dieter seine Mutter abends von der Arbeit ab.

Auch wenn sie gerade mit einer Kundin beschäftigt war, blieb Frau Wittlich die Anwesenheit des jungen Mannes nicht verborgen. Vom anderen Ende des langen Korridors konnte man fröhliches Gelächter hören, Dieter wußte immer etwas Lustiges zu erzählen. Und stets übertönte eine helle, sehr junge Stimme alle anderen, die des Lehrmädchens Klara, von dem man sagte, es sei in Dieter verliebt.

Die Dinge liefen anders, als Mutter und Sohn es erhofft hatten. Am Ende des vergangenen Jahres war Dieter ganz unerwartet entlassen worden. Ein persönlicher Brief des Herrn Direktor. Es war darin von den Verdiensten des jungen Mannes die Rede, von Bedauern und von Wirtschaftskrise. Das war nun mehrere Monate her, und Dieter hatte wenig Aussicht, eine neue Anstellung zu finden.

Er war nicht der einzige. In den Straßen trotteten sie umher. Auf den Bänken des Tiergartens saßen sie und blickten ins Leere. Dieter fühlte Scham, aber auch Widerwillen, wenn er sie sah. Ob er es wollte oder nicht, er gehörte dazu. Vor dem Anhalter Bahnhof oder am Potsdamer Platz verteilten manche Flugblätter. Sie wurden, so hieß es, von den politischen Parteien pro Stunde entlohnt. Die Nationalsozialistische Partei zahlte besser als die Kommunisten. Die Rechte würde, so hieß es weiter, auch von der Industrie finanziert, die einen Sieg der «Roten» befürchtete.

Dieter wollte damit nichts zu tun haben. Er interessierte sich nicht für Politik. Was wußten die ‹Alten› schon von seinen Sorgen. Vor 20 oder 25 Jahren war es leicht gewesen, sich eine Zukunft aufzubauen, Karriere zu machen.

Immer einsamer erlebten die Jungen die Tragödie ihrer Erfolglosigkeit, die manchmal zum Gefühl der Unzulänglichkeit wurde. Immer größer wurde für viele die Versuchung, einer Gemeinschaft anzugehören, auch wenn sie mit deren politischen Ideen und Zielen nicht immer einverstanden waren.

Für den Augenblick sah es so aus, als würde Dieter mit seinen Problemen noch allein fertig. Obwohl er, ohne jeden Zweifel, Hilfe brauchte.

Wenig später bemerkte Frau Wittlich, daß ihre Directrice rotunterlaufene Augen hatte. Sie stellte ihr eine kurze Frage: «Dieter?» – «Ja, Dieter», war die Antwort. Wieder eine Absage? Nein. Sie hatte auf dem Schreibtisch ihres Sohnes einen Gedichtband gefunden. Erich Kästner. Aufgeschlagen auf der Seite: «Lied eines Arbeitslosen». Die letzten Zeilen habe sie so oft gelesen, daß sie sie auswendig konnte:

«Ihr gabt uns seinerzeit das Leben
jetzt müßt Ihr uns auch Arbeit geben.
Daß Ihr uns liebt, das nützt uns nicht.»

Eines Tages hatte sich eine deutsche Illustrierte in den Stapel der französischen und englischen Modemagazine verirrt. Die Directrice war dabei, sie durchzublättern, als sie plötzlich stutzte: «Das ist doch...» Frau Wittlich schaute ihr über die Schulter. In der Illustrierten ein großes Foto: eine Gruppe Männer in SA-Uniform, im Halbkreis stehend, anscheinend zu Besuch in Berlin; man konnte in der Ferne das Brandenburger Tor sehen. «Das ist doch Erich», vollendete Vera ihren Satz. Sie deutete mit ihrer Schere auf einen der Männer. «Das ist doch Erich.»
Ihre Stimme war sanft geworden. Frau Wittlich sah Vera interessiert an.
«Ich habe niemals von Erich erzählt», sagte die Directrice, eine Frage beantwortend, die nicht gestellt war. «Dabei waren wir drei immer zusammen. Mein Mann, er und ich. Was haben wir alles zu dritt unternommen! Ich glaube, sie waren beide in mich verliebt. Ich habe lange gezögert und mich dann für meinen Mann entschieden. Dann kam der Krieg, und ich hatte Erich vergessen, glaubte ich. Ich wußte nicht einmal, daß er noch am Leben ist.» Nachdenklich fügte sie hinzu: «Er war etwas jünger als mein Mann, er muß jetzt um die Vierzig sein.» Gebannt blickte sie noch immer auf das Bild. «Er hat irgendeinen Offiziersgrad.»
«Bei der SA?» fragte Frau Wittlich. «Was kann Sie an diesen Leuten interessieren?»

Mehrere Wochen später tauchte Dieter, der sich lange nicht hatte sehen lassen, eines Abends wieder auf, um seine Mutter von der Arbeit abzuholen. In der nagelneuen Uniform eines SA-Mannes wirkte er größer als früher und war sich sichtlich der Wichtigkeit seiner neuen Kleidung bewußt. Er grüßte die Anwesenden militärisch, ließ sich auf keine Gespräche mit den Angestellten ein, die er doch seit vielen Jahren kannte. Auch für die kleine verliebte Klara hatte er weder einen Blick noch ein Lächeln übrig. Tief über ihre Arbeit gebeugt versuchte das Lehrmädchen, sich die Kränkung nicht anmerken zu lassen.

«Dummer Junge», murmelte Frau Wittlich. «Ein Arbeitsloser mehr, der ‹den Weg in die Partei gefunden hat›.»

Sie hielt sich nicht lange bei dem Gedanken auf. In einer Viertelstunde war eine wichtige Anprobe.

Am Ende des Monats kündigte Vera. Die Arbeit sei ihr zuviel. Übrigens sei ihr Sohn Dieter schon immer dagegen gewesen.

Frau Wittlich nahm die Kündigung mit freundschaftlichem Verständnis auf. Sie verstehe, die viele Arbeit. Warum nicht damit Schluß machen, wenn man es nicht unbedingt nötig habe. Vera wurde verlegen. Sicher, sicher. Aber vielleicht würde sie auf einem anderen Felde tätig werden, es gäbe jetzt in diesem neuen Deutschland auch für Frauen interessante Beschäftigungen. Sie wolle aber gern ihre jetzige Arbeit im Salon Wittlich weiterführen, bis eine Nachfolgerin gefunden sei.

Frau Wittlich lehnte ab. Sie wollte den neuen Plänen ihrer Mitarbeiterin nicht im Wege stehen.

Vera ging. Tränenlos.

Als Frau Wittlich am Abend im Salon Ordnung machte, fiel ihr die Illustrierte in die Hände, die vor einigen Wochen die Directrice zu solch atemlosem Erkennen gebracht hatte. Noch immer war sie auf derselben Seite, der mit dem Foto der SA-Männer, aufgeschlagen. «Ein Jugendfreund», hatte Vera damals gesagt und: «Ich hatte die Wahl zwischen ihm und meinem Mann.» Frau Wittlich sah sich den SA-Offizier näher an. Sie stutzte. Hier war eine Gruppe von etwa einem Dutzend Männern. Wieso hatte sie diesen Erich auf dem Foto sofort erkannt? Lag es an der Ähnlichkeit mit dem jungen Mann, den sie kürzlich in SA-Uniform gesehen hatte?

Energisch klappte Frau Wittlich die Illustrierte zu und legte sie zu den anderen Magazinen, die morgen abgeholt wurden.

Sie hatte immer an dem Prinzip festgehalten, sich nicht in fremder Leute Angelegenheiten zu mischen, und sei es auch nur in Gedanken.

Und Vera West war ihr in den letzten Wochen sehr fremd geworden.

Guter Rat

Ich begleite Margot in eine Klinik, außerhalb von Berlin gelegen, spezialisiert auf Nervenbehandlungen und Entziehungskuren. Margot ist ein schönes Mädchen, das alles mitmachen will: tanzen, trinken, vielleicht auch koksen. Nun soll sie wieder gesund werden.

Dr. G., der die Klinik leitet, nimmt uns in Empfang. «Welche von beiden ist die Kranke?»

Es klingt wie eine Herausforderung, denn Margot, die sich nur mühsam auf den Beinen hält, ist sichtlich schlechter dran als ich. Sie wird einem Krankenpfleger übergeben.

Etwas später, in seinem Arbeitszimmer, entschuldigt sich der Chefarzt: «Sie sehen elend aus. Sie bekommen nicht genug Schlaf. Seien Sie vorsichtig. Berlin ist die Stadt der Versuchungen, überall lauern Fallen. Man muß dagegen ankämpfen. Es braucht Willensstärke.» Er wiederholt: «Willensstärke.»

«Und vor allem, meine Liebe, wenn man so hart arbeiten muß wie Sie und ich – keinen Alkohol.»

Auf seinem Schreibtisch steht mahnend eine große, mit Wasser gefüllte Kristallkaraffe.

Ich nehme Abschied von Margot und fahre nach Berlin zurück. Ich will mir das, was er gesagt hat, zu Herzen nehmen. Schon heute abend. Wir sind mitten im Karneval, ich werde von Freunden auf einem Maskenball erwartet. Ich versuche abzusagen. «Sei keine Spielverderberin.» Ich gebe nach.

Vor kurzem ist der Film «Der blaue Engel» mit Marlene Dietrich herausgekommen. «Von Kopf bis Fuß...» Konnte man sich für einen Maskenball ein schöneres Kostüm ausdenken? Mit dem kleinen Zylinderhut auf dem Kopf? Niemals zuvor habe ich in einem Ballsaal so viele Marlenen gesehen.

Nicht alle sind für die Rolle geschaffen. Eine jedoch ragt über die anderen hinaus: lange, schöne Beine, schwingende Bewegungen eines hohen schlanken Körpers. Das Gesicht? Die Maske verbirgt die Züge. In Marlenens Arm tanzt ein Kaninchen, das sich später, demaskiert, als reizvoller junger Mann entpuppt.

Marlene aber, die eleganteste aller anwesenden Marlenen, ist niemand anderer als Doktor G., der noch vor wenigen Stunden in seinem Arbeitszimmer so gut von Berlins Gefahren zu sprechen wußte. Er hat die Maske abgenommen und ist, noch immer das Kaninchen am Arm, auf dem Wege zur Bar. Wo der Barmann, der ihn offenbar kennt, dabei ist, dem Arzt zulächelnd, eine Sektflasche zu öffnen.

Ich gehe früh zu Bett. Ehe ich einschlafe, muß ich an die große, mit klarem Wasser gefüllte Kristallkaraffe denken, die auf dem Schreibtisch des Arztes steht.

Ob das Wasser täglich erneuert wird?

Der Smaragdring

Bei Dr. Kraft klingelte das Telefon.

«Einen Augenblick, bitte, ich verbinde mit Herrn Rechtsanwalt Stein.»

Der Arzt nahm das ungewohnte Verfahren zur Kenntnis. Man sollte meinen, daß jemand, der mit einem Psychoanalytiker Kontakt aufnimmt, es direkt tut, ohne die Vermittlung einer Sekretärin.

«Hier Stein. Ich wollte Sie um einen Termin bitten, Herr Doktor.» Nach einer kurzen Pause fügte er hinzu: «Es handelt sich um meine Frau.» Der Termin wurde für die folgende Woche vereinbart.

Der Rechtsanwalt traf zur verabredeten Zeit pünktlich am Lützowplatz ein und wurde, nach wenigen Minuten im Wartezimmer des Arztes, von Dr. Kraft empfangen. Der Arzt bot ihm einen Stuhl dem Schreibtisch gegenüber an, und der Besucher kam sofort zur Sache. «Es geht um einen Ring, Herr Doktor. Meine Frau verlangt, daß ich ihr einen Smaragdring kaufe, den sie in der Vitrine eines Juweliers Unter den Linden gesehen hat...»

«Und...», wollte der Arzt wissen.

«Ich bin kein reicher Mann, aber ich könnte ihr den Ring kaufen. Es ist keine Geldfrage, es ist...», er zögerte,

«...vielmehr eine Frage der Erziehung, der Pädagogik.»

Der Arzt sah ihn an. Hatte er richtig gehört?

«Wie alt ist Ihre Frau?»

«Sie wird im kommenden Jahr zwanzig.»

«Also ist sie heute neunzehn Jahre alt.»

«Und wir sind seit acht Monaten verheiratet», präzisierte er, ohne die nächste Frage des Arztes abzuwarten. «Ich habe immer alles für sie getan. Sie kommt aus ärmlichen, komplizierten Verhältnissen, ist obendrein ein uneheliches Kind. Trotzdem anspruchsvoll.»

Oder gerade deswegen, dachte der Arzt. Aber er sagte nichts.

«Vom ersten Tag an habe ich versucht, sie zu erziehen.»

«Möglicherweise wollte sie gar nicht erzogen werden», gab der Arzt zu bedenken.

«Sondern?»

«Sondern vielleicht akzeptiert werden, wie sie ist, vielleicht auch so, wie sie sein möchte.»

Am Schreibtisch sitzend, spielte Dr. Kraft mit einem Lineal, das er langsam einmal nach rechts und dann wieder nach links drehte.

Offenbar ist er noch unentschlossen, ob er den Fall übernehmen soll, dachte der Rechtsanwalt. Als habe er die Interpretation seines Gegenübers erraten, legte der Arzt das Lineal auf den Schreibtisch zurück.

«Und was erwarten Sie von mir? Besser gesagt, von einer Analyse?»

«Daß sie erwachsen wird. Daß sie keine unsinnigen Forderungen an mich stellt.»

«Ich kann Ihre Frau morgen sehen», sagte der Arzt. «Um vier Uhr, wenn ihr das recht ist.»

Sie kam mit einigen Minuten Verspätung. Der Arzt öffnete selber die Tür.

Die neue Patientin war phantasievoll und beinahe schlampig gekleidet. Ein flüchtig umgeworfener Regenmantel – es war ein trüber Tag –, um den Hals lose geknotet ein schottisch gemusterter Schal, auf dem dichten rotblonden Haar ein schnell aufgesetztes Hütchen. Ein unerwartet unfertiges Gesicht mit dem trotzigen Ausdruck eines Kindes. Es war klar, daß sie nicht wußte, was sie hier sollte.

Ihre ersten Worte: «Mein Mann schickt mich zu Ihnen, damit ich den Ring vergesse...» Sie korrigierte sich: «Nein, daß ich nicht mehr verlange, daß er mir einen bestimmten Ring schenkt, den ich beim Juwelier gesehen habe.»

Wie kommt diese strahlende junge Frau hierher, fragte sich der Arzt, während er auf den Diwan wies.

«Sie sagen einfach, was Ihnen durch den Kopf geht.»

«Und wenn mir nichts durch den Kopf geht?»

Der Arzt schwieg, und sie lachte.

«Ist das ein Spiel?» fragte sie.

Er schwieg. «Nein», sagte er schließlich, «kein Spiel.»

«Um so besser. Ich bin kein Kind mehr.» Es klang wie eine Anklage. «Ich war nie ein Kind. Zu einem Kind gehört ein Vater, und ich habe nie einen Vater gehabt.»

«Jedes Kind hat einen Vater.»

«Nicht ich. Das hat mir meine Mutter immer wieder erklärt.»

«Es muß schwer sein, ohne Vater aufzuwachsen.»

«Ich bin gar nicht ohne Vater aufgewachsen», sagte sie. «Sobald ich zur Schule ging, habe ich mir einen Vater erfunden. Ja, erfunden.»

Der Arzt sagte nichts.

«Ich sprach oft von ihm, erzählte in der Schule, wie sehr er mich verwöhnte. Auch daß er mir manchmal aus Büchern vorlas, obwohl ich nicht alles verstand. Die anderen Kinder wollten wissen, ob dieser wunderbare Vater mir alles erklärte, was ich nicht verstand. Ich sagte: ‹Nein, er hat es nicht gern, wenn ich ihn unterbreche oder dumme Fragen stelle.› Vielleicht versteht er selber nicht alles. ‹Und sein Beruf?› wollten sie wissen. Darüber dürfe ich nicht sprechen. Er war bei der Polizei oder in der Politik oder so ähnlich, und sie müsse diskret sein. ‹Diskretion›, ja das war das Wort, das er gebrauchte, und ich wußte damals nicht, was das Wort bedeutet.

Ich bekam Taschengeld. Nicht viel. Meine Mutter war keine reiche Frau. Aber ich habe gespart und dann und wann irgend etwas gekauft, das die anderen Kinder nicht besaßen. Ich kann mich an rosa Sandalen erinnern, die nicht ganz flach waren, sondern kleine Absätze hatten. Ich wurde sehr bewundert und beneidet an dem Tag, als ich sie zum erstenmal an den Füßen hatte: ‹Ein Geschenk von Papa›, sagte ich. Ein andermal kam ich mit einer hellroten Handtasche, die eher zu einer erwachsenen Frau gepaßt hätte. Auch ‹ein Geschenk von Papa›.

Später habe ich Stenographie und Schreibmaschine gelernt und wurde Sekretärin bei einem Rechtsanwalt.

Ich will sagen, bei meinem jetzigen Mann. Warum er gerade mich geheiratet hat, weiß ich nicht. Ich bin seine zweite Frau. Er hat mich immer kritisiert und kritisiert mich auch heute noch. Vor allem wenn er von meinem Vater spricht. Er hat einmal etwas Häßliches gesagt: ich sei ein uneheliches Kind und deshalb ‹etwas zurückgeblieben›. Und nun müsse er mich erziehen.»

Nach einer Pause: «Ich wollte nicht erzogen werden. Ich wollte etwas anderes, ich kann nicht sagen was. Vielleicht verwöhnt werden. Auch die Damen im Tennisclub sind nicht immer nett zu mir. Ein Tennisclub in Dahlem», fügte sie erklärend hinzu, «und mein Mann legt Wert darauf, daß ich dort Mitglied bin. Ich habe mich bei ihm beklagt. Er hatte sofort eine Erklärung zur Hand: ‹Du kommst aus einem bescheidenen Milieu und hast keine mondäne Konversation wie die anderen. Du mußt besonders freundlich zu ihnen sein›, riet er mir.» Schweigen. Dann: «Ich habe das Gegenteil getan. Es ist manchmal wirklich nicht leicht, mit mir auszukommen. Einmal sagte eine Dame zu mir: ‹Ihre arme Mutter muß es schwer mit Ihnen gehabt haben.› – ‹Ja›, sagte ich, ‹meine Eltern hatten es schwer mit mir.› Sie zuckte die Achseln und drehte mir den Rücken zu. Wahrscheinlich wußte sie, daß ich keinen Vater hatte.

Da fällt mir noch etwas anderes ein. Ich legte Wert darauf, immer wieder Klassenkameradinnen in die kleine Wohnung meiner Mutter einzuladen. Zum Kaffee. Ehe sie kamen, rollte ich einen Teppich zusammen, bedeckte ihn mit einem Leintuch und legte ihn in das breite Ehebett meiner Mutter. Das Ganze wurde dann mit der Bettdecke zugedeckt, und die kleinen Klassenkameradinnen durften nur durch die Türspalte einen Blick in das Schlafzimmer tun. ‹Seid bitte leise›, sagte ich. ‹Mein Papa schläft und darf nicht geweckt werden.›»

«Das wäre es für heute», sagte der Arzt. «Ich erwarte Sie nächste Woche um dieselbe Zeit.»

Sie ging zur Tür. Ihm fiel ihr leichter und geschmeidiger Gang auf. Nicht der Gang einer jungen Frau, die sich für begehrenswert hielt, eher der leichte Schritt eines Kindes, das Freude am Leben hat.

Irmgard hielt eine Taxe an, fuhr aber nicht sofort nach Hause. Sie gab die Adresse des Juweliers Unter den Linden an, bat den Fahrer zu warten und verweilte einige Minuten vor der Vitrine, wo der Smaragdring noch immer als besonderes Prunkstück zu sehen war. In den nächsten Wochen wurde es zur Gewohnheit; jedesmal wenn sie von Dr. Kraft kam, machte sie einen kleinen Umweg und besuchte «ihren» Ring Unter den Linden.

Während der Stunde bei ihrem Arzt wurden diese Besuche nicht erwähnt. Sie kam immer etwas verspätet an, legte sich auf den Diwan, erzählte einiges aus ihrer Kindheit. Von ihrem Mann sprach sie selten.

Dr. Kraft stellte keine Fragen.

Eines Tages – sie wurde um vier Uhr wieder bei Dr. Kraft erwartet – änderte sie ihre Routine. Sie wußte selber nicht warum. Sie hatte beschlossen, ihren Besuch bei der Vitrine zu absolvieren, *ehe* sie zum Arzt ging.

Es war ein herrlicher Frühlingstag. Sie würde zu Fuß den Weg vom Tiergartenviertel zum Juwelier zurücklegen und dann Unter den Linden eine Taxe nehmen.

Vor der Vitrine verweilte sie länger als sonst und achtete

kaum darauf, als eine Stimme hinter ihr sagte: «Wollen wir den Ring kaufen?»

Die Frage mußte an sie gerichtet sein, denn sie war die einzige, die vor dem Schaufenster stand. Ein Verrückter? Jemand der sich auf diese Weise an sie heranmachen wollte?

«Ich möchte Ihnen diesen Ring kaufen», wiederholte die Stimme. Nun stand der Unbekannte, der zu ihr sprach, nicht mehr hinter ihr, sondern an ihrer Seite. Um ihn zu sehen, hätte sie den Kopf nach rechts wenden müssen. Es war kein Zweifel mehr daran, daß die Frage ihr galt.

Sie wandte den Kopf. Sie hatte unbewußt einen älteren Herrn erwartet. Wer sonst käme auf den Gedanken, sich einer Fremden auf diese Weise anbiedern zu wollen? Der Unbekannte war ein großer, schlanker Mann. Irmgards erster Eindruck: da stehe jemand neben ihr, der ihr ähnlich sehe. Sie mußte an die Schule denken, auch da war ein besonders hübscher Junge gewesen, von dem alle sagten, er sehe ihr sehr ähnlich.

Der Mann neben ihr schien ungeduldig zu werden, er fragte zum drittenmal: «Wollen wir diesen Ring kaufen?»

Und dann standen beide tatsächlich vor dem Verkaufstisch im Laden, in dem Teppiche und schwere Stofftapeten die Geräusche dämpften. Der Unbekannte verlangte, den Ring aus der Vitrine zu sehen. «Selbstverständlich, Herr Direktor.» Ihr Begleiter schien kein Unbekannter zu sein. Der Ring wurde aus der Vitrine geholt.

Der Verkäufer warf einen schnellen Blick auf Irmgard und schien zu dem Schluß zu kommen, beide gehörten zusammen und er könne offen sprechen. «Der Ring ist um einiges billiger, als man meinen könnte. Sehen Sie bitte den Smaragd durch die Lupe an, Herr Direktor. Sie werden feststellen, daß der Stein einen kleinen Schatten hat.» Der Unbekannte wandte sich Irmgard zu: «Stört Sie das?» – «Überhaupt nicht», antwortete Irmgard. Sie probierte den Ring, er paßte, als sei er auf Bestellung angefertigt worden.

«Am besten, Sie schicken mir die Rechnung ins Büro», sagte der Unbekannte, «ich habe das Scheckbuch nicht bei mir.»

«Selbstverständlich, Herr Direktor», sagte der Verkäufer und begleitete sie bis zur Tür.

Nun waren sie wieder auf der Straße. «Warum haben Sie das gemacht? Wollen Sie mich kaufen?» fragte Irmgard. Er schien nachdenklich: «Vielleicht», sagte er, «vielleicht war es eine Art kleine Anzahlung.»

Sie schwiegen beide.

«Am besten besprechen wir das bei einer Tasse Tee, gleich hier um die Ecke im Adlon. Dort gibt's einen gemütlichen Tea-Room.»

Irmgard sah ihn an. «Ich habe noch nie mit einem Unbekannten Tee getrunken.»

Und wie um ihr zu Hilfe zu kommen, meldete sich von fern eine Turmuhr. Vier Schläge. «Vier Uhr. Ich sollte um vier Uhr beim Arzt sein.»

«Sind Sie krank?»

«Nein. Ich war noch niemals krank.»

«Aber der Arzt...»

«Der Arzt ist eine besondere Art von Arzt für Leute wie mich, das heißt für Leute, wie ich es war, bis...» Sie vollendete den Satz nicht.

Sie winkte eine Taxe heran. Ehe sie einstieg, hielt er sie noch einmal am Arm zurück. «Ich bin morgen und übermorgen auf Reisen», sagte er hastig, denn er sah, daß sie in Eile war. «Wenn Sie wollen, können wir uns am nächsten Freitag um dieselbe Zeit wie heute in der Tee-Bar im Adlon treffen.»

«Einverstanden», sagte sie, ehe sie einstieg.

Im Wagen bereitete sie sich auf den Besuch beim Arzt vor. Sollte sie ihm triumphierend die Hand mit dem Smaragdring vor die Augen halten, «Hier, Herr Doktor»? Aber war es wirklich ein Triumph? Hatte sie jemanden bekämpft und einen Sieg davongetragen? Nein, von Triumph konnte nicht die Rede sein.

Dennoch hielt sie die ringgeschmückte Hand dem Arzt vor die Augen. Ihr «Hier, Herr Doktor» klang jedoch etwas kleinlaut.

Mit einer Geste verwies der Arzt sie auf den Diwan. «Sie werden annehmen, ich hätte über meinen Mann gesiegt, der mich hierhergeschickt hat, damit ich auf den Ring verzichte. Das ist falsch. Der Ring ist das Geschenk eines Unbekannten, von dem ich nicht einmal weiß, wie er heißt.»

Der Arzt sagte nichts, aber Irmgard hörte ein leichtes Geräusch, so als hätte er die Stellung gewechselt, sich in seinem Lehnstuhl aufgerichtet. Sie wiederholte: «Nicht von meinem Mann, der mich hierhergeschickt hat, damit ich auf den Smaragdring verzichte.»

Wie üblich stellte er keine Fragen, und sie konnte in aller Ruhe an den Unbekannten denken, von dem sie den Eindruck hatte, er sähe ihr ähnlich.

Als sie dann vor dem Arzt stand, um sich zu verabschieden, sagte sie einer plötzlichen Eingebung folgend: «Ich glaube, ich komme nicht wieder, Herr Doktor. Ich bin nicht krank.»

«Nein», antwortete der Arzt, «Sie sind nicht krank.» Er begleitete sie zum Ausgang. «Ich danke Ihnen, Herr Doktor», sagte sie, sie stand an der schon geöffneten Tür. «Ich danke Ihnen von ganzem Herzen.» Es klang ehrlich.

Ehe er die Tür hinter ihr schloß, fiel ihr noch etwas ein: «Wenn Sie meinen Mann sehen, sagen Sie bitte nichts von dem Ring. Er würde verlangen, daß ich ihn sofort zurückgebe. Vielleicht gebe ich ihn selber am Freitag zurück. Da treffe ich den fremden Herrn wieder. Das heißt, wenn er bis dahin unser Rendezvous nicht vergessen hat.»

Der fremde Herr hatte nichts vergessen. Er war früher da als Irmgard, die sehr pünktlich eintraf.

«Ich weiß nicht einmal, wie Sie heißen», sagte sie und trank einen Schluck von der Limonade, die er für sie bestellt hatte. «Sie dürfen mich ruhig Günther nennen», sagte der Unbekannte. Und setzte wie zur Erklärung hinzu: «Das ist mein Name. Und wenn Sie es erlauben, nenne ich Sie ganz einfach Irmgard.»

«Woher wissen Sie, wie ich heiße?»

«Als guter Bankier ist man gewohnt, Erkundigungen einzuziehen. Als wir uns vor der Vitrine des Juweliers trafen, war es nicht das erste Mal, daß ich Sie sah. Ich hatte Sie schon ein paar Tage vorher entdeckt, vor derselben Auslage, wo Sie mit den Augen eines hungrigen und unglücklichen Kindes auf den Ring blickten.»

Sie saß regungslos da, das Limonadeglas, das sie zum Munde führen wollte, mit beiden Händen festhaltend.

«Ich bin nicht unglücklich», sagte sie schließlich.

«Sind Sie glücklich?»

Sie trank einen großen Schluck, ehe sie antwortete: «Ich weiß nicht, was das heißt. Wissen Sie es?»

«Ja», sagte er, ohne zu zögern. «Ich bin glücklich, hier mit Ihnen zu sitzen, Sie anzusehen. Ich bin stolz darauf, daß Sie einen Ring tragen, den ich Ihnen schenken durfte, glücklich zu wissen, daß wir zueinander gehören.»

Sie hatte ihr Glas abgestellt, als seien ihre Hände unsicher geworden. Ihr Herz schlug ungewohnt schnell.

«Was haben Sie?»

Sie wußte nicht, daß sie sehr blaß geworden war.

Er hatte sie zu einer Taxe begleitet und ein Rendezvous für den kommenden Montag vorgeschlagen. «Das Wochenende gehört sicher Ihrem Gatten.»

Erst als sie schon lange zu Hause war, wurde ihr klar, daß hier ein liebender Mann zu einer erwachsenen Frau gesprochen hatte, und diese Frau war sie. Nicht mehr das ungezogene Kind, das der unzufriedene Ehemann zum ‹Onkel Doktor› geschickt hatte, damit er es zur Vernunft brachte.

Am nächsten Montag kamen sie beide gleichzeitig zum Rendezvous. Auf dem Weg zur Teestube blieb sie stehen: «Ich habe neulich davon geträumt, daß Sie mir eine Frage stellen.»

«Eine Frage?»

«Ja. Eine Frage, die Sie mir in Wirklichkeit nie gestellt

haben: ob ich nicht Lust hätte, Sie an einem anderen Ort zu treffen als im Tea-Room des Adlon.»

Er faßte sie am Arm. Kurz darauf saßen sie in seinem Wagen, der gleich um die Ecke geparkt war. Der Chauffeur sah sich fragend um. «Nach Hause», sagte der Unbekannte.

Bei Dr. Kraft klingelte das Telefon. Diesmal war Rechtsanwalt Stein direkt am Apparat, ohne Sekretärin. «Ich muß Sie dringend sprechen, Herr Doktor.» – «Heute, nach sieben Uhr, wenn Sie wollen.»

«Meine Frau hat mich verlassen. Sie verlangt die Scheidung. Sie will einen anderen heiraten. Sie hat sich in ihn verliebt. Sie hat keine weitere Erklärung abgegeben. Liebe auf den ersten Blick, scheint es. Bin ich schuld daran, weil ich den Ring nicht kaufen wollte?»

Rechtsanwalt Stein hatte aus der Aktentasche, die neben ihm lag, ein Schächtelchen hervorgeholt. «Das hat sie zurückgelassen, zusammen mit anderem Krimskrams.»

Es war eine ganz kleine Schachtel mit einem Blümchenmuster, wie man sie auf Jahrmärkten findet.

«Sie können Sie wegwerfen oder aufheben, für den Fall, daß Irmgard sich bei Ihnen meldet. Von mir will sie im Augenblick nichts wissen . . . Sie wohnt bei ihrer Mutter. Vielleicht wird sie die Scheidung auch nicht abwarten und zu ihrem zukünftigen Ehemann ziehen. Er ist ein bekannter Bankier. Ich habe sagen hören, daß er plant, nach Amerika zu gehen. Heutzutage ist alles möglich.»

Dr. Kraft hatte seinen Besucher geduldig angehört, einen Mann, der litt und es nicht wahrhaben wollte. Als der Rechtsanwalt schließlich ging, ließ er das geblümte Schächtelchen zurück. «Sie können es ruhig öffnen», sagte er, ehe er sich verabschiedete.

In der Schachtel lag ein Kinderring aus billigem Blech, das wie Gold aussehen sollte. Darauf geklebt ein kleines, viereckiges, grüngefärbtes Stückchen Glas, der Edelstein. Durch das Glas hindurch konnte man einen kleinen Schatten sehen: der Tupfen Klebstoff, der den Stein festhielt.

Dr. Kraft drehte das Schächtelchen hin und her und entdeckte im Innendeckel, fast verblichen, offenbar von Kinderhand hingepinselt, die Worte: «Geschenk von Papa». Er traute seinen Augen nicht. Da hatte sie von Sandalen erzählt und von einer hellroten Handtasche, die sie gekauft hatte, um den Klassenkameradinnen das vom Vater verwöhnte Töchterchen vorzuspielen. Den Ring hatte sie nie erwähnt. Vielleicht hatte sie ihn nur für sich gekauft, ohne ihn jemandem zu zeigen.

Er wußte, daß sie nicht wiederkommen würde. Dennoch nahm er das Schächtelchen und legte es behutsam in eine Schublade. Es sollte ihn gelegentlich an das junge rothaarige Mädchen erinnern, das man als schwer erziehbares Kind zu ihm geschickt hatte und das so kurz darauf auf dem besten Weg war, eine glückliche junge Frau zu werden.

Draußen ging die Türklingel. Der nächste Patient. «Wir sind keine Zauberer», dachte der Arzt auf dem Weg zur Tür. «Aber manchmal passiert es, daß wir dabei sind, wenn ein Wunder geschieht.»

Karriere

Es war ohne Zweifel das beste Drehbuch, das im Vorkriegsberlin entstand. Um so bemerkenswerter, als es
niemals das Licht einer Filmleinwand erblickte. Sein Autor: Lutz, ein ehrgeiziger, besonders hübscher und oft
schlechtgelaunter Junge, der es der ganzen Filmwelt
übelnahm, daß er noch nicht die Karriere gemacht hatte,
die ihm seiner Ansicht nach zukam.

«Ich hatte eben das Pech, in Berlin zur Welt zu kommen», klagte er oft. «Wenn man es heutzutage im deutschen Film zu etwas bringen will, muß man aus Wien
sein oder, besser noch, aus Prag oder Budapest.»

Dem Zufall eines Abendessens bei Horcher verdankte er,
daß sich die Dinge änderten. Er erblickte zum erstenmal
die unbekannte junge Schauspielerin, die zur Hauptfigur
seines Drehbuches werden sollte. Sie hieß Eva.

Eva war ein schönes Mädchen. Auf der Straße drehte
man sich nach ihr um. Nicht nur wegen ihrer Figur, sondern auch weil ihre Kleidung nur wenige Details ihres
makellosen Körpers der Phantasie überließ. Wie sie es
schaffte, nicht nur im großen Abendkleid, sondern auch
tagsüber in sportlicher Garderobe den Eindruck zu er-
wecken, sie sei unbekleidet, war ihr Geheimnis. Trotzdem mußte sie sich beim Film mit kleinen Rollen begnü-

gen, in denen es nur um das Aussehen ging. Dagegen fand sie mühelos den Weg ins Bett eines prominenten Produzenten. Richtiger, der Filmproduzent war es, der den Weg in Evas Bett fand, er war ein verheirateter Mann und konnte sich keinen Skandal leisten. Und so war es denn auch eine Ausnahme, daß er Eva an diesem Abend zu Horcher mitgenommen hatte.

Horcher war eines der elegantesten Restaurants der Hauptstadt. Alles war erstklassig, vom Publikum bis zur Speisekarte.

Auch Lutz speiste an diesem Abend bei Horcher, eingeladen von einem befreundeten Düsseldorfer Ehepaar, das auf der Durchreise ins Ausland in Berlin haltmachte. Mit dem Film hatten die Freunde nichts zu tun, ihr Metier war die Chemie. Während die Gastgeber das Menü studierten und sich endlich für Wildente mit Preiselbeeren entschieden, galt Lutz' Interesse dem Nebentisch, an dem der prominente Filmproduzent, ein nicht mehr ganz junger, etwas rundlicher Herr saß, in Gesellschaft einer reizenden jungen Dame. Für Lutz eine Unbekannte, er hatte Eva noch nie gesehen.

Als die Freunde ihm das von ihnen gewählte Gericht vorschlugen, wußte er nicht sogleich, wovon die Rede war.

«Wildente... Wildente... natürlich... großartig.»

Den ganzen Abend ließ Lutz den Nebentisch nicht aus den Augen. Und den ganzen Abend blieb der Blick des Produzenten auf das Dekolleté der Dame gerichtet. Der Kleiderausschnitt verbarg nicht, daß ihre Brüste klein und fest waren; manchmal, wenn Eva beim Sprechen lebhafter wurde, kam eine Art vibrierende Bewegung in sie, so daß der Ansatz immer wieder das Interesse des Beschauers erregte.

Sonderbarerweise war Eva es, die als erste offen Interesse an Lutz zeigte und nicht umgekehrt, wie es möglicherweise in einem Filmdrehbuch der Fall gewesen wäre.

Für ihren Begleiter schien sie sich nur mäßig zu interessieren, um so mehr für den hübschen Jungen am Nebentisch. Und als er ihr den ersten unverhohlen bewundernden Blick zuwarf, ging ein zufriedenes Leuchten über ihr Gesicht. Sie hatte es geschafft.

Bei Eva klingelte das Telefon. Es war Lutz. Er habe erst vor kurzem einen Film gesehen, in dem sie mitspiele. Sie brach in helles Lachen aus. «Sie sind sicher der Herr von gestern abend? Stimmt doch? Und ein ganz schöner Schwindler dazu. Ich hatte wirklich eine Rolle, aber es hat niemand bemerkt. Warum hätten ausgerechnet Sie mich beachten sollen?»

Lutz fiel ihr ins Wort: «Wenn Sie weiter soviel Unsinn reden, verliebe ich mich schon am Telefon in Sie.»

Sie verabredeten ein Rendezvous für denselben Abend, einen Drink bei ihr, sie gab ihre Adresse an. Er war pünktlich da. Auch am nächsten Morgen war er noch da. Sie hatten sich wenig zu sagen. Eva war tatsächlich charmant und ein törichtes junges Ding, in das man sich verlieben mußte. Aber Lutz wollte sich nicht verlieben. Er wollte ihr die Hauptrolle in dem wichtigsten Drehbuch seines Lebens anvertrauen.

Eine Woche später waren Lutz und Eva ein festes Paar

geworden. Ein diskretes Paar, denn der rundliche Filmproduzent durfte nichts erfahren. Eva erklärte immer
wieder, sie sei bereit, ihren jetzigen Liebhaber aufzuge-
ben, doch Lutz blieb dabei: die neue Beziehung müsse
zunächst geheim bleiben. Und Eva fügte sich.

Nach einer weiteren Woche enthüllte Lutz ihr seinen
Plan. Sie verstand nicht sofort, worum es ging. Sie
wollte nicht wahrhaben, daß Lutz ihr von Anfang an eine
solche Rolle zugedacht hatte.

Der Plan war einfach: Lutz wollte das «Liebespaar» – die
junge Schauspielerin und den rundlichen Produzenten –
in voller Liebestätigkeit überraschen. Der Produzent war
verheiratet, also erpreßbar.

«Du willst Geld von Bubi?» Welch seltsamer Kosename
für den rundlichen Produzenten. Nein, kein Geld. Die
Regie in seinem nächsten Film.

«Und wenn er sich weigert?»

Lutz wurde verlegen, faßte sich aber schnell. «Dann suche ich die Frau Gemahlin auf und gebe ihr eine genaue
Schilderung der Tätigkeit, bei der ich euch beide, dich
und Bubi, überrascht habe.»

Eva dachte angestrengt nach. Langsam kam ein
schmerzlicher Zug in ihr Gesicht.

«Ist das nicht unanständig, Erpressung und so?»

«Stimmt, aber es geht um meine Zukunft, um mein Leben.» Und so, als wolle er sich entschuldigen: «Eine Karriere ist nicht eines Tages von selber da. Sie hängt nicht
an einem Weihnachtsbaum und man braucht bloß da-
nach zu greifen.»

«Hast du das von Anfang an so geplant?» fragte sie.

Lutz war unmoralisch, aber ehrlich. «Ja», gab er zu.

60

Sie sah ihn an. Noch nie zuvor waren ihm ihre Augen so groß und so blau erschienen.

War sie mit einemmal eine andere geworden? Das kleine, einfache Mädchen schien verschwunden, an seiner Stelle war eine sehr erwachsene, etwas verbitterte junge Frau.

Es fiel ihr schwer zu sprechen. Jedem Wort ging eine Pause voran.

«Ich bin einverstanden. Unter einer Bedingung: Daß wir uns nie mehr wiedersehen.»

Es war, als hätte sie ihn geohrfeigt. Er sagte nichts.

Das Schweigen hielt an.

«Wir könnten etwas trinken», meinte Lutz schließlich.

«Nein», antwortete Eva, «das können wir nicht. Es ist spät, und du mußt noch deine Sachen packen.»

«Die Sachen packen? Wohne ich nicht hier?»

«Nein.» Es war ein energischer Ton, den er an ihr bisher nicht kannte.

Also packte Lutz sein Köfferchen.

«Ein Abschiedskuß?»

«Laß das.»

Eine Weile stand Lutz auf der Straße. Dann machte er sich auf den Weg in sein möbliertes Zimmer.

Auf den folgenden Montag hatte der Produzent sich für fünf Uhr angesagt.

Lutz kam eine halbe Stunde früher, wurde von Eva höflich, aber ohne Herzlichkeit empfangen und nahm wie geplant seinen Posten im Badezimmer ein, dessen Tür leicht geöffnet blieb.

Bubi war ein pünktlicher Mann und schien in Eile zu sein. Gesprochen wurde zwischen ihm und Eva nur wenig. Ein- oder zweimal hörte Lutz die Stimme des Produzenten: «Was ist mit dir los? Du hast doch sonst mehr zu erzählen.» Und etwas später: «Warum ziehst du dich heute nicht ganz aus, was soll das Hemd?»

Lutz verließ seinen Posten erst, als kein Zweifel mehr darüber bestehen konnte, was sich zwischen den beiden Akteuren seines Drehbuchs abspielte. Er betrat das Schlafzimmer, als sei er Gast in einem Salon, warf Eva ein paar freundliche Worte zu und grüßte den Produzenten mit seinem Namen. Welch glücklicher Zufall! Er habe sich schon immer gewünscht, ihn kennenzulernen.

Der Produzent versuchte groß aufzutreten. Die Tatsache, daß er nackt und sichtlich liebesbereit war, erschwerte sein Vorhaben. – Schon ging Lutz auf den Telefonapparat zu. Wen er anrufen wolle? Die Gattin natürlich, er habe ihr interessante Dinge zu erzählen...

Man einigte sich schließlich. Ging es Lutz wirklich nur darum, den nächsten Film zu inszenieren? Nichts leichter als das. Er wurde engagiert.

Der Produzent, der tief gedemütigt Evas Wohnung verließ, wußte nicht, daß er gerade ein großes Talent entdeckt hatte.

«Wo haben Sie den Jungen hervorgezaubert?» Der Fragesteller war der begabte, schon etwas ältliche Kostümbildner, der bei diesem Film für die Ausstattung verantwortlich war.

Der Produzent warf ihm einen mißtrauischen Blick zu.

War in der Frage eine Anspielung zu hören? Nein, es war echte Bewunderung. Lutz' Jugend, Phantasie und Begabung schienen alle elektrisiert zu haben. Wo er den Jungen entdeckt habe? Der Produzent konnte nicht gut antworten: im Badezimmer meiner Geliebten. «Fingerspitzengefühl, mein Lieber», murmelte er mit gespielter Bescheidenheit. Vergessen die Demütigung des Augenblicks, als er, sich seiner nackten Rundlichkeit bewußt, dem Jungen gegenübergestanden hatte. «Fingerspitzengefühl», wiederholte er. Und fügte hinzu: «Und Glück natürlich.»

Lutz war über Nacht ein bekannter Filmregisseur geworden. Von nun an gehörte er der Berliner Film-Elite an.

Und Eva, wird man fragen. Ja, richtig, Eva. In den nächsten Filmen, die in Berlin gedreht wurden, gab es keine Rollen für sie. Später auch nicht.

Sie war eine Zeitlang Vorführdame in einem bekannten Berliner Modesalon, der für seine großzügigen Dekolletés bekannt war. Dann nahm sie das Angebot eines französischen Modeschöpfers an, als Mannequin zu arbeiten, und lebte in Paris, wo seit dem «Blauen Engel» junge Berlinerinnen sehr gefragt waren.

Was weiter aus ihr wurde, ist unbekannt.

Eine Frau wie du

Es war die Zeit, als viele Frauen noch nicht berufstätig waren und reichlich Zeit hatten, über ihr Schicksal nachzudenken. Und vom Schicksal der Frauen war die Rede, als eines Sonnabends Freund Felix auf ein «Gläschen Likör» zu mir kam.

Freund Felix war der Inhaber einer kleinen Buchhandlung im Stadtzentrum. Ein besonders gut geführter Laden, in dem man oft noch Bücher fand, von denen es hieß, sie seien leider nicht mehr zu finden. Felix kannte den Geschmack und die Interessen seiner Kundschaft.

Wer täglich mit Büchern umgeht, kommt manchmal auf die Idee, selber zu schreiben. Heute brachte Felix mir eine Probe seiner Prosa. «Eine richtige Kurzgeschichte», sagte er, reichte mir ein halbes Dutzend handgeschriebener Blätter und bat mich, sie zu lesen. «Ist es eine wahre Geschichte?» fragte ich, ehe ich mit der Lektüre begann. «Ja», antwortete Freund Felix. «Es ist eine wahre Geschichte.»

Ich las: Meine Freundin Trude, die immer etwas nervös ist, war heute ganz besonders nervös. Sie ging im Zimmer auf und ab, immer auf und ab. Dabei rauchte sie eine Zigarette nach der anderen. Dutzende jener schweren englischen Zigaretten, die so schädlich sind.

Wenn Trude im Zimmer auf und ab geht und dabei englische Zigaretten raucht, werde ich besonders ängstlich, dann ist nämlich nicht vorauszusehen, was passiert.

«Trude», sagte ich schüchtern, «das hat keinen Sinn, wirklich nicht. Ich erkläre dir doch seit einer Stunde, daß diese Zigaretten sehr ungesund sind. Ich begreife nicht, daß eine Frau wie du...»

«Siehst du», sagte Trude mit der ganz tiefen Stimme, die sie nur dann hat, wenn ihr etwas wirklich nahe geht. «Das ist es. Ich habe es satt. Ich habe es satt, ‹eine Frau wie du...› zu sein. Das bin ich nun schon seit fast zehn Jahren. J'en ai assez!»

Sie kauerte sich auf der Couch ganz zusammen und sah angestrengt dem Rauch ihrer Zigarette nach.

«Die Männer –» begann sie, und ich unterbrach sie nicht, obwohl ich ahnte, daß sich eine längere Rede vorbereitete, «– die Männer haben einen verflucht richtigen Instinkt für Frauen, die ‹etwas Besseres› sind, weil sie vielleicht nicht den Mut dazu haben, etwas Schlechteres zu sein. Was für Pflichten eine solche Frau aber damit auf sich nimmt, kann sie im voraus gar nicht ahnen. Sie soll... sie soll... Sie hat nur zu sollen.

Sie soll Verständnis haben... Sie soll wissen, daß man offiziell nicht eifersüchtig ist... sie soll keine Szenen machen... sie soll tun, als wüßte sie nicht, was sie doch weiß, noch ehe es wahr ist... sie soll!... sie soll!... Nun gut, so möge sie denn sollen! – Aber, um in eurer so kommerziell gewordenen Terminologie zu bleiben, es gibt ein ‹Soll›, es gibt ein ‹Haben›, und es gibt zum Schluß auch eine ‹Bilanz›. Laß doch einmal sehen, wie die aussieht: sie soll alles – sie hat gar nichts – und die Bilanz ist: eine Frau wie du...»

Trude lehnte sich zurück und steckte sich eine neue Zigarette an. Ich hütete mich, ein Wort zu sagen, denn jetzt war sie eine Mondsüchtige am Rande ihres Intellekts, und man durfte sie nicht beim Namen rufen.

«Wenn ein Mann betrügt, was ihr, um uns zu beruhigen, eine ‹Durchschnittsfrau› nennt, dann gibt diese Frau ihm erst einmal eine Ohrfeige und sagt ihm alle Gemeinheiten, die sie zur Verfügung hat. Dann geht sie, vergißt nie, die Tür hinter sich zuzuknallen, und eine halbe Stunde später ruft sie an, weil sie vergessen hat zu sagen: ‹Und dabei habe ich nie etwas von dir gehabt...› Sie macht ihn überall unmöglich, verbreitet die ungeheuerlichsten Geschichten über ihn, die eben wegen ihrer Ungeheuerlichkeiten geglaubt werden, denn ‹sie muß es ja wissen›!

Mein lieber Freund, die stärkste Bindung des Mannes an die Frau ist die Angst. Aber nicht die Angst, die ihr euch und uns einredet, die Angst, daß euch ‹die Beziehung über den Kopf wächst›, die Angst, von der schon Goethe sprach, als er die arme Friederike unter diesem auch heute noch nicht veralteten Vorwand sitzenließ. Nein! Die Angst, die ganz gewöhnliche Angst vor Ohrfeigen und vor Szenen und vor Komplikationen. So ist das in Wirklichkeit, mein Freund, bei dir und bei euch allen...»

Es wurde immer peinlicher. Trude strich mit der Hand eine Haarsträhne aus der Stirn und sprach weiter: «Dann kann sie vielleicht einmal an der unpassendsten Stelle sagen: ‹Du, die kleine Lilly ist wirklich ein nettes

Mädchen...› Aber nur so nebenbei... so in hörbarer Klammer gesagt. – ‹Wieso meinst du das? – Bist du vielleicht eifersüchtig...› unterbrichst du – ‹Ich? Eifersüchtig? Nein.›» (Dieser Satz nicht aufgeregt, ganz schlicht und einfach. Dabei könnte man...)
«Trude», unterbrach ich sie...
«Natürlich! Widersprich nicht, das hat gar keinen Sinn! Eine Frau wie du... Die gibt es ja in Wirklichkeit gar nicht! ‹Eine Frau wie du...› wurde von euch erfunden. Ganz einfach erfunden, wie man irgend etwas Praktisches erfindet. ‹Eine Frau wie du...› hat nur den einen Wunsch: einmal sie selber sein zu dürfen, um euch sagen zu können, mit den richtigen Worten sagen zu können, was sie denkt, was sie weiß, was sie fürchtet, was sie glaubt...»
Trude schwieg. Ihre Augen waren irgendwohin gerichtet. Meinte sie jetzt überhaupt mich? Dachte sie an einen anderen? An den vorigen? An den nächsten?
Ich nahm meinen ganzen Verstand zusammen, um ihr etwas zu sagen, ich wählte den Ton, den meine Freunde den «calmierenden Narrativ» nennen:
«Trude», sagte ich, «eine Frau wie du sollte...»
Ich habe heute die erste Ohrfeige meines Lebens bekommen.
Das war das Ende der Geschichte.

«Willst du das veröffentlichen?» fragte ich.
«Ich glaube nicht. Es würde Trude ärgern oder sogar kränken.» Er hielt inne, wollte noch etwas sagen, war sich nicht ganz sicher... Schließlich: «Ich habe Trude gebeten, meine Frau zu werden.»

«Trotz der Ohrfeige?»

«Trotz der Ohrfeige. Sie hat sich Bedenkzeit ausgebeten. Aber ich zweifle nicht an ihrer Antwort.»

Freund Felix erhob sich, um zu gehen. Ich begleitete ihn zum Ausgang. An der Tür zögerte er: «Ich weiß, es wird nicht leicht sein.»

«Nein», sagte ich nachdenklich. «Es wird nicht leicht sein. Es braucht einiges: Liebe, Geduld, etwas Phantasie...»

Er unterbrach die Aufzählung: «Und wer hat das alles zu bieten?»

«Ein Mann wie du», sagte ich.

«Und wo haben
Sie gedient, Herr Kamerad?»

Nun war ich schon seit einigen Monaten Journalistin, hatte aber noch nicht so recht verstanden, daß es für ein Mädchen nicht immer leicht ist, überall mitzuhalten.

An das Berliner Büro meiner Zeitung war die Einladung ergangen, bei einem deutsch-französischen Abendessen zu Ehren ehemaliger Frontkämpfer aus beiden Ländern teilzunehmen. Die Gäste ‹in Zivil› versteht sich. Ich hatte keine Lust, die Einladung anzunehmen, Berichte über Frontkämpfertreffen fanden in meiner Zeitung nicht immer großen Anklang. Die Tischreden ähnelten einander zu sehr. Da aber an der Spitze der französischen Delegation Monsieur Scapini erwartet wurde, ein Kriegsblinder aus dem Großen Krieg, konnte von einer Absage nicht die Rede sein. Ich beschloß, für die Gelegenheit ein schlichtes schwarzes Kostüm anzuziehen, dazu eine weiße Hemdbluse mit schwarzem Schleifchen. Und natürlich nicht – obwohl es damals für den Abend Mode war – ein breites gold- oder straßbesticktes Band als Kopfzier im Haar. Ich ging noch schnell zum Friseur, der mir das kurzgeschnittene Haar glattbürstete.

Ich hatte gut daran getan, die Einladung anzunehmen, für den Vertreter der größten französischen Morgenzeitung war ein Ehrenplatz reserviert, links vom Leiter der deutschen Delegation, Oberst Oberlindober. Rechts vom Tischherrn saß Monsieur Scapini, dem der Oberst zunächt seine ganze Aufmerksamkeit schenkte.

Erst als das Essen zu Ende ging, fand er, es sei an der Zeit, sich dem Nachbarn links zuzuwenden. Er war ein großer Mann, der mich um vieles überragte. Er hatte offensichtlich eine größere Figur an seiner Seite erwartet, denn er bückte sich etwas brüsk und klemmte gleichzeitig sein Monokel ein. «Und wo haben Sie gedient, Herr Kamerad?» fragte er und versetzte mir dabei einen kräftigen Klaps auf die Schulter, einen Klaps, der offenbar die deutsch-französische Freundschaft unterstreichen sollte.

Ich mußte etwas sagen. «Ich bin kein ‹Herr Kamerad›, Herr Oberst. Ich bin ein Journalist, richtiger eine Journalistin.»

Würde er nun in Lachen ausbrechen? Nein. Er war erstaunt und wandte sich wieder dem Nachbarn auf der anderen Seite zu.

Ich wartete nicht ab, bis der Kaffee in einem Nebensalon serviert wurde, sondern machte mich zu Fuß auf den Weg in unser Büro, das nur ein paar hundert Meter entfernt, auch im Tiergarten, lag.

Ich war leicht entmutigt. Vielleicht wurden jetzt wichtige politische Probleme erörtert, und ich war nicht dabei; weil ich kein «Herr Kamerad» war. Wie so oft in den letzten Wochen, fragte ich mich, ob der Journalismus der richtige Beruf für eine Frau sei.

Ich hatte nicht viel Zeit nachzudenken. Als ich die Eingangstür zur Redaktion öffnete, hörte ich schon das Klingeln des Telefons. Eines hilfreichen Telefons, das mich aus meinen trüben Gedanken riß, denn am anderen Ende hörte ich die Stimme eines italienischen Freundes, Massimo. Er sei in Schwierigkeiten und ich könne ihm helfen. Er habe nächste Woche einige diplomatische Herren zum Abendessen. Mit Gattinnen natürlich. Nun aber müsse seine Frau wegen einer Familienangelegenheit nach Mailand reisen. Ob ich die fehlende Dame ersetzen könne? Massimo war ein Freund, und ich sagte zu. «Ich verlasse mich darauf, daß du eines deiner schönen Abendkleider anziehst. Die Herren sind in Smoking.»

Als ich etwas später an einem Spiegel vorbeiging, fielen mir meine wirklich sehr kurz geschnittenen glatten Haare auf. Gleich am nächsten Tag wollte ich Herrn Öhler, meinen Friseur, aufsuchen. Vielleicht konnte er, dank seiner Kunst, etwas Feminineres hervorzaubern, obwohl kurze Haare Mode waren. Wenn schon, denn schon, dachte ich. Ich würde niemals ein «Herr Kamerad» sein, aber mit etwas Glück von Zeit zu Zeit bei einem diplomatischen Essen die «fehlende Dame».

Aber den Engel nicht

Das Buch hieß «Schau heimwärts, Engel!» Der Autor
Thomas Wolfe. Eine Übersetzung aus dem Amerikanischen. Und in Berlin sagte jeder zu jedem: «Das müssen
Sie lesen.» Vor allem in literarischen Kreisen, versteht
sich.
Da ich zu jener Zeit wenig anderes las als die tägliche
Menge von politischen Zeitungen und Zeitschriften,
wußte ich kaum etwas von diesem Buch bis zu dem Tag,
an dem Ernst zu einem kurzen Besuch in mein Büro
kam. Er warf einen Blick auf den hohen Packen bedruck-
ten Papiers, der sich auf meinem Schreibtisch türmte,
und schien zu zögern. Dann aber öffnete er die Aktentasche, die er immer bei sich trug, und entnahm ihr einen
schweren, schön gebundenen Band: «Das mußt du lesen», sagte er. Man denke, über siebenhundert Seiten.
Dennoch machte ich mich am selben Abend an die Lektüre. Ich erreichte die Seite zwölf. Dann wurde alles anders. Ich blätterte zurück, dann wieder und wieder. Ich
war atemlos. Niemals zuvor, so schien es mir, hatte sich
ein Autor so ausschließlich an einen einzigen Leser ge-
wandt, nämlich an mich. Niemals zuvor war mir so klar
geworden, daß ein Buch aus Worten besteht. Ist das
nicht bei allen Büchern so? Sicherlich. Aber hier, in die-

sem Buch, fiel es mir zum erstenmal wirklich auf. Möglicherweise, weil die Flut der Worte in so breiten, großflächigen Wellen auf mich zukam und sich langsam wieder zurückzog, als wolle sie mir Zeit lassen, mich mit dem vertraut zu machen, was ich eben erfahren hatte. Man wurde den Eindruck nicht los, hier sei ein poetisches Erlebnis dem Leser zuliebe in Prosa gebracht worden.

Etwa zehn Tage später rief Ernst bei mir an. Er war Chefredakteur einer Berliner Zeitung und telefonierte selten.

«Ich wollte hören, ob du das Buch angefangen hast.»

«Noch am selben Abend.»

«Und?»

«Und seither jeden Abend. Ich habe sogar einmal ein spätes Rendezvous abgesagt.»

«Nur um weiterlesen zu können? Und wie weit bist du?»

«Warte, ich habe das Buch hier bei der Hand. Auf Seite elf, glaube ich. Nein, Seite zwölf.»

«Machst du dich über mich lustig? Du bist doch kein kleines Kind, das jedes Wort buchstabieren muß. Oder magst du das Buch nicht?»

«Du hast mich nicht richtig verstanden. Ich mag das Buch, aber ich lese es langsam. Ich glaube, es liegt an den Worten.»

«Ich muß jetzt Schluß machen», sagte Ernst. «Wir sehen uns bald.»

Ich war seine brüsken Unterbrechungen gewöhnt. Irgendeine wichtige Mitteilung für die Redaktion...

Mag sein, daß es einem mit Büchern so ergeht wie mit manchen Menschen. Man begegnet ihnen zur richtigen

Zeit im richtigen Augenblick. Für mich hat dieser Augenblick, die Begegnung mit Thomas Wolfe, ein Leben lang angehalten.

Später, viel später, würde es zur Mode werden, den Roman zu kritisieren. Er sei weitschweifig, schwerfällig, wobei viele von denen, die das Buch gekannt hatten, bei seiner Erwähnung etwas verlegen wurden, so als ginge es um Dinge, die man gerne vergessen möchte. Zugegeben! Es war ein junges Buch, geschrieben von einem jungen Autor und für junge Menschen, die, wie das eben bei jungen Menschen üblich ist, «nichts von der Welt kennen, aber alles vom Leben wissen». Das Buch strahlte etwas Stürmisches, ja manchmal Verzweifeltes aus, das man «Weisheit der Jugend» nennen könnte. Im Gegensatz zur «Altersweisheit», bei der viel ruhige Entsagung, Verzicht und schmerzliche Erfahrungen mitspielen.

Der Inhalt des Romans, eine lange Geschichte: das Schicksal zweier junger Amerikaner, Vater Oliver Gant und später Sohn Eugene und ihre mutige schwere Wanderschaft durch eine Landschaft, die nichts anderes ist als ihr eigenes Leben.

Damals hatte ich auf Seite zwölf zunächst haltgemacht: der Beginn der Geschichte des jungen Oliver, der eines Tages, die Landstraße entlangwandernd, vor der Werkstatt eines Steinmetzen stehenbleibt, der Grabmäler herstellt, und dort einen Engel erblickt, «... *auf kalten, abgezehrten Füßen schwebend, mit dem Lächeln sanfter Dümmlichkeit aus Stein...*» Ihn überkam «... *eisig eine namenlose Erregung*». Er tritt in die Werkstatt ein, arbeitet fünf Jahre lang als Geselle. *«Als seine Gesellenzeit um war, war er ein Mann.»* – Aber: *«Er erreichte es nie.*

Er lernte nie, das Haupt eines Engels aus Stein zu hauen. Taube, Lamm, die glatten, gefalteten, marmornen Hände des Todes, schöne, feine Buchstaben – aber den Engel nicht.»

Woher wußte er das? Er, der noch so jung war, als er das schrieb, wußte etwas, das ein langes Leben mich erst lehren würde? Daß es Träume gibt, die nicht zu Wirklichkeit werden. Ufer, die man nicht erreicht. Der Kopf eines dümmlich lächelnden Engels, den man trotz aller Mühe nicht meißeln kann.

In den folgenden Wochen las ich jeden Abend nach der Arbeit – manchmal ging es schon auf Mitternacht zu – ein paar Seiten. Immer dieselbe Atemlosigkeit, als säße ich nicht hier in Berlin, sondern hätte Anteil an dem Geschehen, das sich in einem fernen Kontinent abspielte, erlebt von Menschen, die mir fremd waren.

Die Veröffentlichung von «Schau heimwärts, Engel!» in deutscher Sprache hatte eine einzigartige Vorgeschichte. In der Tat ist kein anderer Fall bekannt, in dem ein weltberühmter Autor bei Entgegennahme des Nobelpreises einen anderen, jüngeren Schriftsteller erwähnte. Dies aber ereignete sich, als Sinclair Lewis in seiner Dankesrede in Stockholm auf Thomas Wolfe und seinen jüngst erschienenen Roman aufmerksam machte. Sinclair Lewis war es auch, der seinen Berliner Verleger mit Thomas Wolfe bekannt machte. «Schau heimwärts, Engel!» wurde zum literarischen Ereignis.

Rückblickend erklärt sich vielleicht der große Erfolg des Buches in Deutschland mit der Tatsache, daß damals neue «Religionen» im Entstehen waren, die vom individuellen Leben ablenken sollten. Menschen wurden nicht mehr als Individuen gewertet, sondern im Kollektiv. Bald würde es so aussehen, als gäbe es nur noch die Wahl zwischen brauner Uniform und Roter Fahne. Thomas Wolfe aber erinnerte daran, daß der Mensch nicht eine bloße Maschine ist, die zwischen zwei anderen Maschinen marschiert, sondern, jeder einzelne, eine besondere Schöpfung Gottes, mit eigenen Träumen und Tränen, im Herzen manch unerfüllte Sehnsucht – wie die, das Haupt eines Engels zu meißeln.

Sommer 1936. In Berlin hatten die Olympischen Spiele begonnen. Meine politischen Kommentare mußten den Berichten unserer Sportjournalisten weichen, und ich kam mit der Lektüre von Thomas Wolfes Buch schneller voran.

Eines Tages überraschte mich ein Anruf von Ernst, der sich seit langem nicht gemeldet hatte.

«Thomas Wolfe ist in Berlin. Würde es dir Spaß machen, ihn zu treffen?»

«Ja, es würde mir ‹Spaß machen›.»

Ernst erzählte noch, er habe den Autor bei einem Empfang in der amerikanischen Botschaft kennengelernt.

Der große Tag kam schneller als gedacht. Schon am nächsten Nachmittag ein erneuter Anruf: «Wir sitzen auf der Terrasse im Café Wien. Du mußt dich beeilen, wenn du ihn sprechen willst. Wir haben schon eine ganze Menge getrunken. Also mach schnell, sonst kommst du zu spät.»

Ich kam zu spät. Vor dem Café Wien hatte sich eine kleine Menschenmenge diskret um einen Mann geschart, der in seiner ganzen Länge unbeweglich auf dem Boden lag. Groß und glücklich. Die Augen fest geschlossen, als sei es so bequemer, alles besser zu sehen.

Mein erster Gedanke war: Er muß Berlin näher sein, als ich dachte. Ein Mann wie er legt sich nicht so vertrauensvoll auf fremdes Pflaster, auch wenn er viel getrunken hat.

Noch war Berlin eine friedliche Weltstadt. Noch wuchs zartes grünes Gras zwischen den Pflastersteinen. Zartes grünes Gras, das später von schweren Stiefelabsätzen zertreten werden sollte.

Die kleine Schar von Neugierigen vor unserer Terrasse hatte sich zerstreut. Weit und breit kein Polizist zu sehen. Es war die Zeit der Olympischen Spiele, und fremde Besucher wurden möglichst unbehelligt gelassen.

«Schade, daß er betrunken ist», sagte einer der prominenten deutschen Journalisten.

Ich schwieg. Noch war ich «Anfängerin», noch wagte ich es nicht, einen älteren Kollegen zu korrigieren. Aber ich dachte: Nicht «betrunken». «Trunken». Kein Schimpfwort, sondern der Name für einen begnadeten Zustand. Ungewollt ergänzte ich: «Worttrunken, erfüllt von Tausenden noch ungeschriebener Wörter.»

Und ich dachte an sein Buch und an Eugene. Eugene, der Sohn von Oliver Gant, der von dem ersten Rausch seines Lebens erzählt. Aber ich wies den Gedanken zurück. Das Eugene-Erlebnis war eine kleine Episode. Mit einer Flasche Wein konnte man dem Geheimnis des Lebens nicht auf den Grund gehen. Und der Mann, der hier groß und glücklich auf dem Pflaster Berlins lag, war zweifelsohne irgendwelchen verborgenen Dingen nähergekommen.

Die Wolken über Berlin waren der Sonne gewichen. Ich merkte, daß des Dichters Augen sich geöffnet hatten, nichts konnte ihn daran hindern, in einen Himmel zu blicken, in dem er zu Hause war.

Die Fragen, die ich stellen wollte, waren mit einem Male wie zerstoben. Er hatte sie längst beantwortet. Ehe ich ging, warf ich noch einen Blick auf den zarten Riesen, der quer über dem Gehsteig lag. Ich merkte, daß die eben noch zu Fäusten verkrampften Hände nun flach auf dem Pflaster lagen, als suchten sie darunter, tiefer und immer tiefer, die Erde, die nicht von Menschen geschaffen war.

Noch immer stand die Sonne hoch am Himmel, es gelang ihr nicht, ihn zu blenden. Berlin würde ihm zur «dunklen, dunklen Stadt» werden.

Ernst begleitete mich zum Taxistand.

«Wie er so dalag», sagte ich, «sah er aus wie ein ganz junger Mann.»

«Er ist sechsunddreißig.»

Wir wußten beide nicht, daß Thomas Wolfe nur noch zwei Jahre zu leben hatte.

Noch am selben Abend suchte ich in «Schau heimwärts, Engel!» den Passus heraus, der Eugenes erste «Trunkenheit» schildert.

«Er war auf der Stelle betrunken, und auf der Stelle wußte er, warum Menschen trinken. Es war – das merkte er – einer der großen Augenblicke seines Lebens... Er freute sich über seinen großen Leib und seine

langen Glieder, an denen die Zaubermacht des mächti-
gen Branntweins ein besseres Wirkungsfeld habe. In der
ganzen Welt gab es seinesgleichen nicht mehr, gab es
keinen zweiten Menschen, der so dafür geschaffen war,
erhaben und großartig betrunken zu sein. Betrunken-
sein war größer als alle Musik, die er gehört hatte, es
war so groß wie die größte Dichtung. Warum hatte man
ihm das nie gesagt? Warum hatte niemand entspre-
chend darüber geschrieben? Warum, wenn es möglich
war, sich einen Gott in der Flasche zu kaufen, ihn zu
trinken und dadurch selbst ein Gott zu werden, waren
die Menschen nicht immer betrunken?...»

Ich legte das Buch hin und ging zu meiner Arbeit zurück.
Das Tagesgeschehen forderte sein Recht.

Nichts aber löschte die Erinnerung an einen sonnigen
Nachmittag und eine schweigende Begegnung mit ihm,
den ich nicht anders gekannt habe, als trunken, groß und
lang auf dem Pflaster der Stadt liegend.

Maria oder
Gebrochene Herzen

«Wir haben einiges zu besprechen, Fräulein Doktor», sagte der Bibliotheksdirektor und lehnte sich lächelnd in seinem Sessel zurück. «Sie sind eine vorzügliche Mitarbeiterin, und wir haben gute Chancen, Sie behalten zu können.»

Maria sah ihn erstaunt an. «Mich behalten zu können?»

Er machte eine ungeduldige Handbewegung. Las Maria keine Zeitung? Hörte sie denn kein Radio?

Der Direktor präzisierte. «Darf ich Sie daran erinnern, daß vorige Woche in Nürnberg ein ganzes Paket neuer Gesetze verkündet worden ist, alle zur Rassenfrage?» Eine kurze Pause. «Sie waren niemals, was man ‹rein arisch› nennt, Fräulein Doktor. Einer Ihrer Großväter, glaube ich. Väterlicherseits. Von nun an sind Sie, was man einen ‹Mischling› nennt. Auch wenn man Ihnen das nicht ansieht.»

Es sollte ein Kompliment sein.

Mischling. Das Wort hatte etwas Krüppelhaftes, dachte Maria. Zu meiner Zeit bei den Pfadfinderinnen gab es das noch nicht.

«Am besten sehen wir uns einmal Ihren Ahnenpaß an», fuhr der Direktor fort.

Maria konnte sich nicht daran erinnern, je einen Ahnenpaß ausgefüllt zu haben. Aber sie verstand, daß die
Unterredung zu Ende war, und verabschiedete sich. Der
Direktor sah ihr nach. Sie hatte einen etwas schwerfäl-
ligen Gang, den ihre flachen, ziemlich derben Schuhe
noch betonten. Sie waren ein Überbleibsel der glück-
lichen Zeit, als sie gemeinsam mit Freunden als Pfadfin-
derin singend durchs Land wanderte. Das war lange
her. Damals trug sie die langen blonden Haare offen
und mußte sich nicht jeden Morgen mit dem dicken
Knoten abmühen, zu dem sie sich als Erwachsene
zwang.
Die Freunde sah sie nur noch selten. Seit zwei Jahren
gehörte Berlins Umgebung einer neuen Art von Jugend, die Lieder waren andere geworden, man wanderte
nicht mehr, man «marschierte». Manchmal staunte sie,
wenn sie diese Jungen und Mädchen an sich vorüberzie-
hen sah. Sie waren ihr fremd. Oder lag es daran, daß sie
nicht mehr so jung war wie die Marschierenden?

Kaum eine Woche später hatte sich die Atmosphäre in
der Bibliothek geändert.
Wieder war Maria zum Direktor bestellt worden, der
sie diesmal ohne ein Lächeln empfing. Auch waren sie
nicht allein. Auf einem Stuhl vor dem Fenster saß ein
Mann in der braunen Uniform der SA, den sie nicht sofort erkannte. Jemand, der auch in der Bibliothek arbeitete, aber wo? Erst nach einigen Minuten fiel es ihr ein.
Es war der Mechaniker, der die Schreibmaschinen in
Ordnung hielt.
Der Direktor hatte eine Mappe vor sich liegen, der er

ein Schriftstück entnahm. Er hielt es Maria entgegen, die noch immer vor seinem Schreibtisch stand. Er hatte ihr keinen Stuhl angeboten.

«Erkennen Sie diese Unterschrift?» fragte er.

Maria warf einen kurzen Blick auf das Blatt und reichte es dem Direktor zurück. «Ich kenne den Text, obwohl ich ihn schon vor mehreren Jahren geschrieben habe.» Auf den fragenden Blick des Direktors hin fuhr sie fort. «Ich rate darin vom Ankauf eines Buches ab. Ein primitives Ding voll unrealisierbarer Zukunftsbilder, die Ideen darin sind nicht revolutionär, sondern aufrührerisch. Überdies strotzt es von grammatikalischen Fehlern...»

Der Direktor schnitt ihr das Wort ab.

«Und der Titel des Buches?» Maria zögerte nur einen Augenblick «‹Mein Kampf›, der Autor: Adolf Hitler.»

Vom Fenster her, wo die braune Uniform saß, war ein ungeduldiges Räuspern zu hören. Vielleicht dauerte die Unterredung zu lange.

«Fräulein Doktor», sagte der Direktor, «wir müssen Sie entlassen.» Das Wort fiel wie ein Fallbeil. «Fristlos entlassen», fügte er hinzu. Der SA-Mann, zweifellos der Vertreter und Vertrauensmann der Partei, erhob sich.

Wortlos und ohne zu grüßen verließ Maria den Raum und ging in ihr Büro. Sie wollte zusammenpacken, was ihr gehörte: Bücher, Papiere, zwei kleine Aquarelle, die an der Wand hingen... Vergeblich suchte sie in den Schubladen die kleine rote Mappe, in der sie allerlei private Dokumente und Briefe verwahrte. Die Schubladen waren verschlossen gewesen, und sie hatte den Schlüssel immer bei sich. Aber die Mappe war nicht zu finden. Vielleicht hatte sie sie mit nach Hause genommen.

Zwei schwere Kartons schleppend verließ Maria das Gebäude, ohne sich umzuwenden. Sie hielt eine Taxe an: «Nach Charlottenburg in die Clausewitzstraße bitte.» Eine Taxe, welch ein Leichtsinn, dachte sie. Aber ich habe eine Entschuldigung. Schließlich wird man ja nicht jeden Tag fristlos entlassen, nur weil man vor ein paar Jahren die Wahrheit über ein Buch geschrieben hat.

Am nächsten Morgen klingelte es an ihrer Wohnungstür. Es war sieben Uhr. Sie hatte wenig und schlecht geschlafen und war schon beim Aufräumen ihrer kleinen Wohnung mit den vielen Bücherregalen. Maria öffnete und sah sich zwei Herren gegenüber, die sich als Vertreter der Geheimen Staatspolizei auswiesen. Sie solle sie in das Hauptquartier der Gestapo, Prinz-Albrecht-Straße, begleiten. Sie habe noch nicht gefrühstückt, entgegnete Maria. Es wurde ihr erlaubt, in der Küche stehend schnell etwas zu sich zu nehmen.

Als sie schon auf dem Weg zum Ausgang waren, hielt einer der beiden Beamten Maria zurück. «Halt, noch eine Formalität.» Er tastete sie von Kopf bis Fuß ab. «Wir wollen doch sicher sein, daß Sie keinen Unsinn machen.» Marias blaßblaue Augen blickten fragend. Er erklärte: «Daß Sie keine Waffe bei sich haben.»

Vor der Tür wartete ein Wagen. Auch der Fahrer war in Zivil, trug aber die Mütze der SA. Einer ihrer beiden Begleiter schob das Mädchen in den Wagen. «In der Mitte sitzen», befahl er.

Dann nahmen auch die beiden Gestapo-Männer ihren Platz ein, drängten sich eng an Maria. Nun war sie eine Gefangene, der die kleinste Bewegung unmöglich war.

Von einem etwaigen Fluchtversuch ganz zu schweigen.

Die Vorhänge an den Wagenfenstern waren zugezogen, im Auto herrschte ein einschläferndes Halbdunkel. Keiner sprach ein Wort. Maria war sich nicht einmal sicher, ob sie mit der totenblassen jungen Frau auf dem Weg zur Prinz-Albrecht-Straße identisch war.

Sie kam erst wieder ganz zu sich, als sie in einem großen, weiten Wartezimmer auf einer Bank saß, ihr gegenüber eine Reihe geschlossener Türen. Irgendwann würde eine der Türen aufgehen, und Maria würde irgendeinem fremden SS-Mann gegenüberstehen oder -sitzen. Ohne jeden Zweifel würde es ein SS-Mann sein, die Uniformen, die im Wartesaal hin und her liefen, waren alle schwarz.

Endlich betrat sie, von zwei Beamten begleitet, einen kleinen Raum, in dem ein Mann in SS-Uniform an einem Schreibtisch saß und auch bei ihrem Eintreten den Kopf nicht hob. Auf dem Tisch lag eine Mappe aus rotem Leder. Ihre Mappe.

«Hinsetzen!» Maria sah sich automatisch um, als gelte dieser gebrüllte Befehl nicht ihr. Schließlich hob der Mann in Uniform den Kopf und wies auf einen Stuhl ihm gegenüber. Er griff nach dem Fragebogen, den sie draußen ausgefüllt hatte, er war nicht in Eile. Dann las er aufmerksam ein kurzes Schriftstück, möglicherweise den Bericht der beiden Zivilbeamten, die Maria abgeholt und hierhergebracht hatten. Schließlich zog er die rote Ledermappe zu sich heran und entnahm ihr einige Briefe, alle in derselben Handschrift, die Maria sofort erkannte.

«Wir haben die Mappe an dem Tage beschlagnahmt, an

87

dem Sie entlassen wurden», erklärte der SS-Mann. «Wir sind dabei an die Briefe eines interessanten Mannes geraten, ein Professor Haller aus Mannheim. Offenbar ein guter Freund von Ihnen. Ein Freund übrigens, der mit der Politik unseres Führers nicht einverstanden ist.»

Eine kurze Pause. «Soweit wir wissen, ist Herr Haller als jüdischer Universitätsprofessor gleich zu Beginn der neuen Zeit seines Amtes enthoben worden. Wir wüßten gern, wie Sie zu seinen kritischen Ideen stehen. Deshalb sind Sie hier. Mit anderen Worten, wir wollen uns offen mit Ihnen unterhalten, ehe wir darangehen, Professor Haller selber zu vernehmen.»

«Professor Haller ist tot», sagte Maria.

«Tot?» wiederholte der SS-Mann. Wieso wußte man das hier nicht? Da muß irgend jemand wieder einmal gepfuscht haben. «Hat wohl Selbstmord begangen?»

«Selbstmord? Er war ein großer starker Mann. Frontkämpfer aus dem Großen Krieg und mit dem Ritterkreuz ausgezeichnet... Oder war es ein anderer Orden? Jedenfalls hieß es ‹Für Verdienste um das Vaterland›.»

Maria schwieg, wartete auf eine Unterbrechung. Aber sie durfte weiterreden. «Und plötzlich war alles anders, er gehörte nicht mehr dazu. In seinen Adern, hieß es, fließe fremdes Blut. Und war doch dasselbe, das er bereit gewesen war, für das Vaterland zu vergießen. Mit einem Male hatte er sein Vaterland verloren und war auch kein richtiger Deutscher mehr. Nein, es war kein Selbstmord. Er starb an gebrochenem Herzen.»

Der Mann ihr gegenüber lachte, aber es klang nicht ganz echt.

«Man stirbt nicht an gebrochenem Herzen...»

«Doch, doch», sagte Maria. Es war, als hätte sie Mühe zu sprechen. «Das gibt es. Meine Tante Thea zum Beispiel...»

«Wollen Sie mir jetzt vielleicht Familiengeschichten erzählen?»

«Nein. Thea war gar nicht unsere wirkliche Tante, sie war eine Freundin meines Vaters, und wir Kinder durften sie Tante nennen. Sie liebte einen schönen, sehr klugen Mann, der eine andere heiratete. Wenige Wochen nach der Hochzeit starb Tante Thea. Es war keine Todesursache festzustellen. Medizinische Zeitschriften berichteten damals darüber. Es konnte nichts anderes sein als ein gebrochenes Herz.» Maria schien vergessen zu haben, wo sie war. «...und wem es just passieret, dem bricht das Herz entzwei.

Ein Lied von Schumann», sagte sie hastig, als sie den mißbilligenden Blick des SS-Mannes wahrnahm. «Die Musik ist von Schumann.»

«Und der Text?»

«Der Text? Der Text ist von Heine.»

Der Beamte schlug mit der flachen Hand auf den Tisch.

«Machen Sie das absichtlich?»

«Was absichtlich?»

«Sie müssen doch wissen, daß Heinrich Heine nichtarisch war!»

Jemand stellte ein Tablett mit Kaffeegeschirr vor den Vernehmungsbeamten auf den Tisch. Maria war plötzlich sehr müde. Was sollte dieses Frage- und Antwortspiel? Gierig starrte sie auf das Kännchen und die Tasse.

Sie hatte nur noch einen einzigen Gedanken: jetzt eine große Tasse bis an den Rand mit heißem Kaffee gefüllt. Automatisch hatte der junge SS-Mann das Getränk eingegossen, Zuckerwürfel hineingetan – eins, zwei, drei –, Maria staunte, aber es war ja auch eine große Tasse. Er war dabei, sie an den Mund zu führen, als er plötzlich Marias Blick sah und zögerte, sichtlich verlegen. Langsam, fast schüchtern stellte er die Tasse auf den Tisch zurück und begann sie der Gefangenen zuzuschieben. Ein paar Sekunden lang stand die Tasse zwischen den beiden. Schließlich, als schäme er sich seiner Regung, zog der Beamte den Kaffee zu sich heran und begann zu trinken.

Von draußen war Lärm zu hören, die Tür wurde aufgerissen, der junge SS-Mann sprang auf, nahm Haltung an.

«Was geht hier vor?» fragte der Vorgesetzte. «Ein gemütliches Kaffeestündchen? Draußen warten noch zwei Dutzend Personen...»

«Warten.» Maria dachte, das Wort sei sicher fehl am Platze. Die «Wartenden» waren Verhaftete wie sie und zitterten vielleicht vor Angst. Der Neuankömmling wandte sich nun direkt an Maria. «Wir haben gründlich ermittelt. Es liegt gegen Sie nichts wirklich Bedenkliches vor. Sie werden trotzdem die Nacht hier verbringen. Möglicherweise lehrt Sie das, Sie und Ihre Freunde, einen respektvolleren Ton zu wählen, wenn Sie von unserem Führer und Reichskanzler sprechen.»

Über einige Treppen ging es hinunter in den Keller. Sie wurde derb durch die Kellertür gestoßen, die sich hinter ihr hörbar schloß. Der Keller war ein großer, feuchter

Raum, nackte Wände, Stroh auf dem Fußboden. Eine Reihe schmaler Matratzen. Obwohl es noch nicht spät war, schienen einige der Gefangenen schon zu schlafen, vor allem ältere Frauen. Die vergitterten Fenster waren hoch angebracht, dennoch sah man hin und wieder schwarze Stiefel vorbeigehen. Der Kellerraum mußte viel tiefer liegen als der Hof. Hin und wieder wurde die Stille in Fetzen gerissen. Man hörte Schreie, gebrüllte Befehle. Eine Weile war Stille, dann ein neuer Befehl, auf den eine Gewehrsalve folgte. Fand tatsächlich eine Hinrichtung statt, oder ging es nur darum, den Kellerinsassen Furcht einzujagen? Wahre oder falsche Aussagen zu erpressen? Manchmal wurde die Tür geöffnet, der Name einer Frau gerufen, die zum Verhör sollte. Und jedesmal, wenn die Tür sich hinter den Gefangenen schloß, schien das Schweigen im Keller tiefer und schwerer.

Maria kramte in ihrer Handtasche, die man ihr nicht abgenommen hatte – sie hatte immer Schlaftabletten bei sich. Sie hörte ein leises Geräusch. Auf dem Fußboden hatte sich jemand an sie herangemacht. Eine Frau, die auf sie zukroch. Im Halbdunkel waren ihre Züge nicht zu erkennen, aber man sah doch, daß sie in einem Zustand äußerster Schwäche oder Verzweiflung war. Maria war eben dabei, die Tablette an den Mund zu führen. «Gib sie mir», sagte eine fremde, rauhe Stimme. Maria hielt inne. Warum duzte die fremde Frau sie? War das unter Gefangenen so üblich? Sie hatte da keine Erfahrung. Es ist eine neue Zeit, dachte sie, und man muß sich ihr anpassen.

«Gib sie mir», wiederholte die Fremde. «Du bist schließlich nur für eine Nacht hier...» Woher wußte sie das? Als hätte sie die Frage erraten, deutete die Gefangene auf Marias große Handtasche.

«Du durftest die Handtasche behalten. Sie haben dich nicht die Treppe hinuntergestoßen. Sie waren beinahe höflich.»

Maria schwieg. Jetzt lag die begehrte Pille auf ihrer linken Handfläche. Die Fremde ließ das kleine weiße runde Ding nicht aus den Augen. Sie hockte auf den Knien, neben Maria, die an die Wand gelehnt dasaß, sprach weiter, hektisch, als habe sie Fieber. «Du willst sicher wissen, wie lange ich schon hier bin. Ich weiß es selber nicht mehr, vielleicht eine Woche, vielleicht auch länger. Ich werde immer wieder zum Verhör geholt. Ich soll gestehen. Aber was?» Es folgte eine Pause. Maria konnte den schweren Atem der Fremden hören.

Und dann wieder die Stimme: «Wußtest du, daß die Gestapo nicht nur eine besonders tüchtige Polizei ist, sondern auch sonst eine praktische Einrichtung? Man braucht sich nur an sie zu wenden, um jemand Unliebsamen loszuwerden. Soll ich dir meine Geschichte erzählen?»

Maria schwieg noch immer. Sie wollte die Geschichte nicht hören. Und sie schämte sich ihrer Regung.

«Ich habe jahrelang mit einer Frau gelebt», begann sie. «Sieh mich nicht so verdutzt an, du Dummerchen, das gibt es. Ich habe also mehrere Jahre lang eine Frau geliebt und mit ihr gelebt. Und dann mit einem Male war alles aus. Ursula – sie hieß Ursula – hatte eine andere gefunden, die jünger und schöner war als ich. Ich tat so, als merke ich nichts. Aber es war umsonst. Ich war im

Weg. Ich mußte weg. Und so rief Ursula die Geheime Staatspolizei an und erzählte, in meiner linken Schreibtischlade liege ein geladener Revolver, mit dem wolle ich den Führer umbringen. Ein paar Stunden später waren zwei Gestapo-Männer da, öffneten die Schreibtischlade und fanden einen Revolver. Eine Erinnerung an meinen Vater, aus dem Weltkrieg. Der Revolver funktionierte nicht mehr so recht, trotzdem wurde ich verhaftet und hierhergebracht. Hier haben sie natürlich sofort gesehen, daß ich von Waffen nichts verstehe. Also mußte ich für meinen teuflischen Plan, den Führer aus dem Weg zu räumen, Komplizen haben. Wer sind sie? Darum geht es immer wieder in den Verhören.»

Bisher war sie nicht mißhandelt worden, aber sie hatte Angst davor, daß es eines Tages dazu kam. Die Verhöre dauerten oft Stunden, auch nachts. Einmal habe ihre Mutter sie besuchen dürfen, eine halbe Stunde lang. Die verräterische Ursula habe schon allen Besitz der früheren Freundin – Möbel, Bücher, Kleider und Schmuck – ihrer Mutter geschickt und wolle mit ihr nichts mehr zu tun haben. Sollte sie freikommen, würde sie sich zunächst nach einer Wohnung umsehen müssen. Und das alles, weil Ursula mit der Gestapo telefoniert hatte. «Du siehst», sagte die Fremde, «das genügt heute, um Unordnung in ein Menschenleben zu bringen.» Maria gab ihr die Schlaftablette. Die Fremde schluckte sie und schlief, als hätte sie nur darauf gewartet, sofort ein.

Um acht Uhr morgens wurde Maria aus dem Keller geholt. Sie hatte auf dem Boden kauernd und an die Wand gelehnt nur wenig geschlafen und war schon lange vorher hellwach. Sie hatte einen Blick auf die Fremde geworfen, die unbeweglich dalag. Eine schöne, nicht mehr ganz junge Frau, die Wangen etwas eingesunken, aber sonst scheinbar unberührt von dem Leid, das ihr zugefügt wurde.

Einer plötzlichen Eingebung folgend, nahm Maria aus ihrer Handtasche ein flaches silbernes Schächtelchen, das einige wenige Schlaftabletten enthielt. Sie drückte die kleine Dose in die halb zur Faust geschlossene Hand der Schlafenden.

Erst später fiel ihr ein, daß das Schächtelchen ein Geschenk von Professor Haller war. Eine verschenkte Erinnerung? Sie brauchte kein silbernes Schächtelchen, um an Herbert Haller zu denken.

Draußen traute Maria es sich nicht zu, mit der Untergrundbahn oder einem Autobus den Weg nach Hause zu finden. Sie nahm wieder eine Taxe. Die Straßen hatten etwas Unwirkliches. War das noch ihr Berlin und nicht irgendeine erfundene Stadt, von der man in einem Roman liest? Eine Stadt in einer anderen Welt und aus einer anderen Zeit.

Genau eine Stunde später klingelte es an der Tür. «Mein Gott, nicht wieder», sagte Maria vor sich hin.

In der Tür stand ein Unbekannter in einem etwas schäbigen Anzug. Er streckte ihr die Hand entgegen, die sie nicht ergriff. Er nannte seinen Namen, den sie nicht verstand. Aber sie erkannte die Stimme, obwohl sie Mühe hatte, den Fremden an der Tür als den Vernehmungsbeamten in arroganter SS-Uniform vom Vortage zu identifizieren.

«Ich bitte, diesen Überfall zu entschuldigen, Fräulein Doktor. Ich bin hier, weil mir Professor Haller und sein Tod nicht aus dem Kopf gehen.» Und nach einer Pause: «Sie müssen hier weg.»

«Kommen Sie herein», sagte Maria. «Ich war eben dabei zu frühstücken.» Sie holte eine zweite Kaffeetasse aus dem kleinen Biedermeierschrank und stellte sie auf den gedeckten Frühstückstisch in ihrem Wohnzimmer. Nun saßen sie einander gegenüber, aber Maria vermied es, den Beamten anzusehen.

«Sie müssen hier weg», wiederholte der ungebetene Gast. Sie wollte ihn unterbrechen: «Ich weiß, ich weiß.» – «Sie sind nur ‹Mischling›. Aber früher oder später kommen auch Sie dran. Hier ist kein Platz mehr für Sie.» Maria schwieg. «Haben Sie keine Freunde in der Schweiz, oder noch besser in Amerika?»

«Nein», erwiderte Maria. «Meine Freunde leben alle hier», und fügte, fast gegen ihren Willen, hinzu: «Ich bin hier zu Hause.»

«Auch Professor Haller war hier zu Hause», sagte der SS-Mann. «Er hat als Deutscher gelebt und gelehrt. Er hat im Krieg als Deutscher gekämpft. Und ist dennoch, wie Sie sagen, an gebrochenem Herzen gestorben.»

«Und kannte weder Haß noch Bitterkeit. Denn beides hätte ihn am Leben erhalten.»

Ehe er ging, entschuldigte sich der SS-Mann noch einmal für den unerwarteten Besuch. «Es lag mir daran, Ihnen einen freundschaftlichen Rat zu geben, Fräulein Doktor.» Über das Wort «freundschaftlich» schien er zu stolpern.

«Ich bin hier zu Hause», hatte Maria gesagt. Und dabei blieb es. In den folgenden Jahren arbeitete sie heimlich als Lektorin oder Übersetzerin für befreundete Verleger. «Es kann nicht schlimmer kommen», sagte sie sich oft. Oder auch: «Nun haben wir wohl das Schlimmste hinter uns.»

In beiden Fällen irrte sie.

Maria überlebte den Krieg. Sie überlebte den Krieg, weil es in Berlin und in der Umgebung Berlins Menschen gab, die nicht allzu viele Fragen stellten, Arbeitskräfte brauchten oder aber, wenn auch seltener, bereit waren, anderen zu helfen auf die Gefahr hin, selbst in Schwierigkeiten zu geraten. Manchmal mußte der ‹Mischling› versteckt oder verkleidet werden. Maria trug wie in ihrer Pfadfinderinnenzeit breite Schuhe ohne Absätze, dazu vielleicht einen langen und sehr weiten Rock und ein Kopftuch. Eine einfache, arbeitswillige, junge Frau, der man seine Kinder anvertrauen konnte, die bei der Ernte half und auch im Haushalt.

Eine schweigsame Frau, die bei Luftangriffen nur dann in den Keller ging, wenn ihre Abwesenheit aufgefallen wäre.

Sie hatte keine Freunde.

Und dann war Berlin zerstört, dann kamen die fremden Besatzer. Nach dem langen Schweigen des Krieges kam die Sprache nur langsam zurück.

Maria war nun eine reife, etwas ermüdete, aber seltsam unberührte Frau.

Wie durch ein Wunder fand sie nach Kriegsende ihre Wohnung in Charlottenburg wieder, halb zerstört, aber

doch bewohnbar. Im Hinterhaus hatte sich ein Arzt nie-
dergelassen. Maria brauchte keinen Arzt. Sie hatte sich
einer kleinen Gruppe ehemaliger Soldaten angeschlos-
sen, die dabei waren, am Kurfürstendamm eine Buchhandlung aufzumachen. Ein abenteuerliches Unterfan-
gen. War es schon schwer gewesen, ein nicht zerstörtes
Ladenlokal zu finden, so war es noch schwieriger, an Bücher heranzukommen, die den Krieg überlebt hatten.

Sie kannte wenig Menschen in diesem Nachkriegsberlin.
Manche waren in den Krieg gezogen und nicht heimge-
kehrt. Manche hatten die Stadt verlassen, um sich vor
Gefängnis oder Konzentrationslager zu schützen, und
man wußte nicht, wo sie geblieben waren. Andere
schließlich hatten ihrem Leben ein Ende gesetzt oder waren – wie es ein deutscher Schriftsteller formulierte –
«dem Tod auf halbem Wege entgegengegangen».

Maria arbeitete weit über ihre Kräfte an der Einrichtung
des Buchladens mit, und es kam der Tag, an dem die anderen sagten: «Du solltest versuchen, etwas für deine
Gesundheit zu tun.»

So saß sie denn eines Morgens im Wartezimmer des
Arztes, der in demselben Hause praktizierte, in dem sie
wohnte. Es waren nur einige Patienten da. Ärzte konnten damals nur wenig für ihre Kranken tun, es mangelte
sowohl an Krankenhausbetten als auch an Medikamen-
ten.

Der Arzt, ein noch junger Mann, untersuchte sie, verweilte etwas länger an der linken Brust. «Hatten Sie früher einmal Schwierigkeiten mit dem Herzen?» wollte er
wissen. Maria zögerte, ehe sie antwortete.

«Das ist eine lange Geschichte», sagte sie schließlich.

«Meinen Sie mein eigenes Herz oder das der anderen?»
Nun zögerte auch der Arzt, wußte nicht so recht, was er
sagen sollte. Maria stand auf. «Das ist, wie gesagt, eine
lange Geschichte, und ich komme lieber ein andermal
wieder.»
«Nein», sagte der Arzt, «ich schlage vor, daß Sie nicht
wiederkommen. Man kann nichts von einem Arzt erwarten, zu dem man kein Vertrauen hat.» Maria, schon
an der Tür, blieb stehen. «Vertrauen? Vielleicht haben
wir es verlernt, zu jemandem Vertrauen zu haben.»
Der Arzt war an seinem Schreibtisch sitzen geblieben, so
als wüßte er, daß sie nicht gehen würde. Und nun saß sie
ihm gegenüber und erzählte. Ruhig, sachlich, als sei von
einer anderen die Rede. Sie sprach von ihrem einstigen
Verlobten, Professor Haller aus Mannheim, dessen Herz
brach, weil er nicht mehr Deutscher sein durfte; von
ihrer fristlosen Entlassung, weil ihr das Buch eines inzwischen berühmten Autors mißfiel; von ihrer Verneh-
mung in der Prinz-Albrecht-Straße und der Nacht im
Gestapo-Keller, von den letzten Jahren und ihrer Exi-
stenz als «Anonyme» ohne Freunde, umgeben von Menschen, die ihr halfen, aber Fremde bleiben mußten, um
nicht selber in Gefahr zu geraten. Schließlich fragte sie:
«Habe ich Ihnen nun genug Vertrauen bewiesen, um Sie
als Arzt behalten zu können?» – «Nein», antwortete er,
ohne zu lächeln. «Sie haben von den gebrochenen Herzen der anderen gesprochen, aber ich wüßte gern, wie es
in jener Zeit Ihrem eigenen Herzen ergangen ist.»
«Es hat einen Sprung bekommen», erwiderte Maria
ohne zu zögern. «In jener Nacht im Gestapo-Keller. Es

ist nicht gebrochen, aber der Sprung ist noch immer da. Und das war ein Glück. Andere Herzen brachen.»

Sie vereinbarten einen Termin für die kommende Woche. Vielleicht könne er mit Hilfe amerikanischer Bekannter an ein Stärkungsmittel für sie herankommen. Aber schon am nächsten Tag kletterte er die drei Treppen hinauf, die zur Wohnung der blauäugigen Nachbarin führten.

Sie öffnete und erkannte ihn sofort, obwohl er nicht, wie gestern, einen weißen Kittel trug. Sie bat ihn einzutreten. Das könne er nicht. Er habe unten Patienten, die auf ihn warteten. Er war gekommen, um ihr vorzuschlagen, den Abend gemeinsam zu verbringen. Es habe ein geschickter Mann, gleich hier um die Ecke, in einem zerstörten Haus eine Gastwirtschaft eröffnet, in der es manchmal etwas Besonderes gäbe. Maria sagte zu.

«Sie haben Glück, Herr Doktor, und auch Sie, meine Dame», sagte der Wirt, ein ältlicher Mann. «Ich habe ausnahmsweise heute abend alles beisammen, um ein richtiges Berliner Gericht zu fabrizieren.» Und, jede Silbe betonend, kündigte er an: «Aal grün mit Gurkensalat.» Eine Sensation. Der Wirt zauberte obendrein ein Fläschchen Pfälzer Wein herbei, das den amerikanischen Bomben und russischen Geschossen entgangen war.

Der Aal hatte, fühlbar, eine längere Reise hinter sich. Auch die Gurken mußten zu lange in einem Keller gelagert haben, sie waren schon verschrumpelt. Es gab keine frischen Kartoffeln – woher auch? –, dafür auf jeden Teller einen Klacks Püree, das seine überseeische Herkunft als Kartoffelpulver nicht verleugnen konnte. Aber für

Gäste, die seit Monaten wenig anderes kannten als mühsam zusammengekochte Suppen war es ein wahres Luxusgericht.

Maria aß schneller als ihr Gegenüber. Besser gesagt, der Arzt bemühte sich, langsamer zu essen. Er sah Maria zu, wie sie fast andächtig Bissen um Bissen in den Mund schob. Eine Strähne ihrer langen blonden Haare hatte sich gelöst und fiel vor ihrem linken Auge auf ihre Schulter. Sie sah mit einem Male um viele Jahre jünger aus.

Als Marias Teller leer war, schob ihr der Arzt den eigenen hin. Für ihn sei die Portion zu groß gewesen, es wäre doch schade, dem Wirt etwas zu schenken. Und so stand der Teller einige Sekunden lang zwischen den beiden so wie damals die große Tasse Kaffee bei der Gestapo. Hier gab es kein Zweifeln, es war für sie. Sie griff nach dem Teller und merkte nicht, daß ihr die Tränen über die Wangen liefen. Tränen, deren Stunde nun endlich gekommen war.

•

Hedy oder
Die Gestapo rettet eine Ehe

Hedy gehörte zur Wiener Gesellschaft, war aber stolz darauf, daß jeder, der mit ihr ins Gespräch kam, gleich nach den ersten Worten fragte: Sie kommen sicher aus Berlin? Es war die Ehe mit einem Ersten Geiger des Philharmonischen Orchesters, die Hedy nach Wien verschlagen hatte. Sie machte sich nicht viel aus Musik, ihre Leidenschaft galt den Rennwagen. Sie hatte erst kürzlich in einem Wettbewerb gesiegt.

In den Violinisten hatte sie sich auf den ersten Blick verliebt. Aber die Ehe hielt nicht. Erich, ihr Mann, litt an immer wiederkehrenden schweren Depressionen. Hin und wieder mußte er seine Mitwirkung an einem Konzert oder einer Opernaufführung im letzten Augenblick absagen. Er konnte sich nicht damit abfinden, daß der Traum seiner frühen Jugend unerfüllt geblieben war: als Solist auf dem Podium zu stehen. Er war nicht der einzige. Hedy kam nach und nach dahinter, daß in einem Orchester jeder, auch der geringste der Mitwirkenden, von einer Karriere als Solist geträumt hatte und sich für ein gescheitertes Wunderkind hielt.

Mit deprimierten Ehemännern konnte Hedy nicht viel anfangen. Die Ehe wurde geschieden.

Hedy war drauf und dran, nach Berlin zurückzukehren,

als ein befreundeter Kunsthändler sie fragte, ob sie bei ihm arbeiten wolle. Damen der Gesellschaft bewährten sich oft als besonders gute Verkäuferinnen. Schon nach wenigen Tagen kam der Kunsthändler mit einem schwierigen Problem zu ihr. Er hatte sich ein Bild aufschwatzen lassen, das die Experten kurz nach dem Ankauf als «Schinken» bezeichneten. Eine banale Jagdszene, laufende Hunde, fliehende Hasen, Gehölz, ein Jäger, dies alles in bräunlichen Tönen gehalten, bis auf einen grellen grünen Tupfer, die Kopfbedeckung des Jägers. Für Hedy gab es kein Zögern. «Das Bild wird nicht leicht zu verkaufen sein. Da muß Berlin her.» Lächelnd fügte sie hinzu: «Um so mehr als die Hasen alle von links nach rechts laufen...»

Der Kunsthändler hatte sie erstaunt angesehen. Er wußte nicht, daß sie sich für Politik interessierte.

Und dann war sie in Berlin, wo sie ein Zimmer im Hotel Adlon reserviert hatte, der elegantesten und teuersten Herberge der deutschen Hauptstadt.

Berlin galt damals als die ‹Stadt der unbegrenzten Möglichkeiten› – wenn man sie zu nutzen wußte. Hedy wußte sie zu nutzen. Schon der erste Anruf bei einer begüterten Freundin war ein Erfolg. «Hedy? In Berlin? Du kommst wie gerufen. Wir haben heute abend Gäste, die dir Spaß machen werden. Ich bin eben dabei, die Tischordnung zu ändern, Hoffmans haben vorhin abgesagt. Das macht drei Gedecke weniger.»

Drei Gedecke? Sie hatte vergessen, daß Frau Hoffman nur dann ausging, wenn auch ihr Liebhaber eingeladen wurde.

Für den ersten Berliner Abend hatte Hedy nach einigem

Zögern ein bronzefarbenes Abendkleid gewählt, das den gleichen Schimmer hatte wie ihr Haar und das ihrer sportlichen Figur etwas Mädchenhaftes gab. («Sie sieht im Schwimmanzug besser aus als im Abendkleid», hatte einmal eine boshafte Freundin verlauten lassen.) Sie war der Star des Abends.

Sie wußte Amüsantes aus Wien zu erzählen, der Hausherr brachte einen besonderen Toast auf ihren ersten Preis im Autorennen aus. Von Politik wurde nicht gesprochen.

Es war alles so unsicher.

Hedys Tischherr, ein Kommerzienrat, rückte gewissermaßen immer näher an sie heran, ein Industrieller aus dem Ruhrgebiet, der dabei war, in Berlin eine Villa umbauen zu lassen, die er von seinem Vater geerbt hatte.

Hedy und ihr Nachbar kamen auf das Bild zu sprechen, das der Grund für ihre Anwesenheit in Berlin war. Ein Bild? Ihr Tischherr interessierte sich für Malerei. Vielleicht auch ein interessanter Ankauf für die Villa im Grunewald, die er instand setzte. Wo konnte man das Bild sehen?

«Bei mir», sagte Hedy. «In meinem Hotel.»

Er lachte. «Ich weiß ja nicht, wo sie abgestiegen sind.»

«Im Adlon.» Und mit gespielter Naivität: «Ich weiß, es ist etwas teurer als die anderen, aber ich hatte in Wien keine andere Telefonnummer in meinem Adreßbuch.»

Er kam mit großen Erwartungen: die reizvolle Frau... das elegante Hotel...

Aber als er das Bild sah, ließ er sich seine Enttäuschung nicht anmerken. Er näherte sich dem ‹Kunstwerk›, als wolle er den Namen des Malers ausfindig machen.

«Ein flämischer Meister, der das Bild aus irgendeinem Grund nicht signiert hat.»

Der Besucher schwieg und kniff die Augen zusammen.

Wenn man genau hinsah, hatte man den Eindruck, des Jägers Gewehr sei auf den Betrachter gerichtet.

«Was halten Sie von dem Bild?» fragte er.

«Ich finde es wunderschön.» Es war eine Lüge, aber das gehörte ihrer Ansicht nach zum Metier, sie hatte kein schlechtes Gewissen. Sie saßen vor dem Bild, das auf dem Schreibtisch an der Wand gelehnt stand, und tranken den Kaffee, den Hedy für sich und den potentiellen Kunden bestellt hatte. Hedy war eine geschickte Verkäuferin. Sie schien nicht in Eile, die «Jagdszene» loszuwerden. Auf ein erstes Angebot gab sie die ehrliche Antwort, sie sei erst am Vortag angekommen und kenne die Berliner Preise noch nicht.

«Ich will Ihnen einen Vorschlag machen. Ich bin dabei, ein Haus im Grunewald zu renovieren. Ich habe es, so wie es jetzt ist, von meinen Eltern geerbt. Vielleicht können wir gemeinsam feststellen, wo das Bild dort seinen Platz finden könnte.»

Er schien also entschlossen, die «Jagdszene» zu kaufen. Hedy erklärte sich bereit, ihm bei der Suche nach dem richtigen Platz zu helfen.

Hedy blieb länger als geplant in Berlin. Im Hotel natürlich. Der Kommerzienrat hatte ihr zwar vorgeschlagen, ein Appartement bei ihm zu beziehen, aber sie hatte die Einladung mit einem charmanten Lächeln abgelehnt. Es sei so umständlich, Koffer zu packen und dann wieder auszupacken.

Ihre Besuche im Grunewald blieben nicht geheim. Im Freundeskreis wurden sie zunächst ausführlich kommentiert; dann war die ganze Angelegenheit vergessen, es gab immer wieder neuen Klatsch. Bis zu dem Tag, an dem die Freunde die Hochzeitsanzeige erhielten.

Schon die ersten Gäste des neuen Ehepaares konnten feststellen, daß der Hausherr die «Jagdszene», das von seiner Frau so sehr geschätzte Bild, an der Wand gegenüber dem Platz der Hausfrau hatte anbringen lassen. Zweimal am Tag mußte Hedy den Jäger mit dem grünen Hut ertragen, der sein Gewehr nicht auf die fliehenden Hasen richtete, sondern auf den Betrachter.

Auch diese Ehe brachte Hedy kein Glück. Allerdings war sie nie in Eugen verliebt gewesen. Es war eine kleine Idylle im großen Berlin, einer Stadt, in der sie sich mit einem Male fremd fühlte, obwohl sie doch hier zu Hause war.

Auch ihr Mann war nicht mehr derselbe. Er hatte nur noch wenig Ähnlichkeit mit dem unternehmungslustigen Tischherrn, dem schnell entschlossenen Bildkäufer, der ihr nach so kurzer Bekanntschaft die Ehe angetragen hatte.

Eugen hatte Sorgen. Er sprach nie davon, ein Verhalten, daß er von seinem Vater gelernt hatte. Wie so viele Industrielle war er nicht mehr Herr im eigenen Haus. Die

Partei hatte das Sagen. Immer häufiger mußte er nach Essen fahren, um nach dem Rechten zu sehen. Er war nicht in die Partei eingetreten. Er galt als kritischer Außenseiter, als unzuverlässig.

Eugen und seine Frau entfremdeten sich einander immer mehr. Vielleicht hatten sie auch nicht die Zeit gehabt, sich anzufreunden. Hedy fühlte sich oft sehr einsam. Manche Freunde hatten Berlin verlassen. Die Einladungen von anderen nahm sie nicht an. Man traf bei ihnen zu viele Leute, die einem fremd waren und die man näher kennenzulernen keine Lust hatte.

Sie langweilte sich. Sie war immer eine Frau von schnellen Entschlüssen gewesen. Sie würde Berlin verlassen und sich von ihrem Mann scheiden lassen. Zunächst nach Wien fahren und dort abwarten.

Eugen nahm die Mitteilung mit großer Ruhe auf. So, als hätte er ihren Entschluß erwartet.

«Wann?» wollte er wissen.

«Vielleicht nächste Woche.»

«Nimmst du das Kabriolett?»

«Wenn es dir recht ist.»

«Vergißt du, daß es dein Wagen ist», erinnerte er sie. «Dein Geburtstagsgeschenk.»

«Ich habe es nicht vergessen.»

Er war aufgestanden, sie folgte seinem Beispiel, ging auf ihn zu, schlang die Arme um seinen Hals und lehnte den Kopf an seine Schulter. «Sei mir nicht böse.»

Er hielt sie fest und sagte – fast gegen seinen Willen: «Mein einziger Trost ist, daß ich nun endlich die scheußliche ‹Jagdszene› wegtun kann.» Sie löste sich aus seinen Armen und sah ihn erstaunt an.

«Du mochtest das Bild doch.»

«Nein, nie.» Und nach einer Pause: «Ich habe als junger Mann an der Berliner Kunstakademie studiert. Ich wollte Maler werden. Als ich das Unternehmen meines Vaters übernehmen mußte, kannte ich die meisten großen Museen.»

«Warum hast du dann das Bild gekauft? Und dafür eine Riesensumme bezahlt?»

«Weil ich mich gleich an diesem Abend in dich verliebt habe.»

Sie versuchte ein Lächeln. «Das was man Liebe auf den ersten Blick nennt?»

Er blieb ernst. «Ja. Genauso wie ich auf den ersten Blick erkannt habe, daß das von dir angepriesene Bild die armselige Kopie irgendeiner zweitklassigen Malerei aus irgendeinem Amsterdamer Museum sein mußte.»

Und dann, nach einem kurzen Zögern: «Ich habe mich gefragt, ob du nur eine Debütantin seist oder eine Betrügerin.»

Das letzte Wort traf sie. «Und was denkst du heute?»

Er zuckte die Achseln. «Du warst eine Angestellte. Deine Aufgabe war es, das Bild loszuwerden.» Dann unterbrach er sich. «Nein, in Wahrheit habe ich nicht viel nachgedacht. Ich wollte nur eines, dich festhalten.»

Hedy hatte beschlossen, früh zu reisen. Um acht Uhr morgens stand ihr Wagen, mit Koffern bepackt und fahrbereit, vor dem Eingang zur Villa.

«Sie brauchen Herrn Kommerzienrat nicht zu wecken», sagte sie zu dem Hausdiener, der ihr mit dem Gepäck geholfen hatte.

«Der Herr Kommerzienrat ist vor einer Stunde von zwei Herren abgeholt worden», antwortete der Angestellte. «Zwei Herren von der Gestapo.»

Darf eine Ehefrau ihren angetrauten Gatten an dem Tag verlassen, an dem er von der Gestapo abgeholt wird? Sie gab Anweisung, ihr Gepäck wieder auszuladen. Die Abreise sei verschoben.

Dann bat sie den Hausdiener, ihr dabei zu helfen, die «Jagdszene» von der Wand zu nehmen. Das Bild solle im Keller aufbewahrt werden. «Und an die Stelle?» wollte der Hausdiener wissen. Das würde der Herr Kommerzienrat nach seiner Rückkehr selber bestimmen. Der Hausdiener schwieg, verzog aber leicht zweifelnd den Mund. «Rückkehr», ein Wort, das im Zusammenhang mit der Gestapo nicht gerade im Schwange war.

Aber der Herr Kommerzienrat kam zurück, schon nach einigen Stunden.

Er war erstaunt, Hedy noch anzutreffen, doch vielleicht gehörte auch das zur Un-Realität des heutigen Tages.

Er hatte etwas Sonderbares erlebt. Fremde Leute hatten sich erlaubt, ihn, den selbstbewußten deutschen Industriellen, zu verhören, ihm «Verhaltungsanweisungen» zu geben. Männer ohne jede Ausbildung, die er nie in seinem Betrieb beschäftigt hätte. Worum war es gegangen? Um seine angebliche Gleichgültigkeit der Partei gegenüber. Um seine Abwesenheit bei öffentlichen Veranstaltungen. Dies alles in einer Atmosphäre, die nach Polizei roch, die etwas von Erpressung und Drohung an sich hatte. Und überdies in Anwesenheit einiger Parteimitglieder aus seinem eigenen Betrieb, die eigens aus Essen angereist waren, um dem «Verhör» des Chefs beizuwohnen.

In diesen wenigen bei der Gestapo verbrachten Stunden waren seine vereinzelten Versuche, dem Regime etwas Positives abzugewinnen, endgültig gescheitert.

Er warf Hedy einen Blick zu, es war der Blick eines Mannes, der älter und schwächer schien als sonst. Ein neues, unbekanntes Gefühl glomm in Hedy auf. Sie wurde gebraucht.

Eugen hatte nicht die Absicht gehabt, mit seiner Frau – und das war sie doch noch? – über diese Erfahrung zu sprechen. Er tat es doch. Was ihn besonders bekümmerte, war die Anwesenheit von Parteimitgliedern aus seinem Betrieb gewesen. «Was soll ich bloß machen? Wie soll ich mich diesen Leuten gegenüber verhalten?»

«Du lädst sie am Sonntag zum Kaffee ein» – und, wie um seinem Protest zuvorzukommen, vollendete sie energisch ihren Satz: «mit Gattinnen natürlich.»

Drei der eingeladenen Paare sagten zu. Der Kaffeetisch wurde im Garten gedeckt. Hedy kam selber mit einem vollbeladenen Tablett aus dem Haus, was sie der Pflicht und der Möglichkeit enthob, den Arm zum Gruß zu erheben.

Am Vorabend hatte Hedy gesagt: «Ich habe keine Lust, gerade jetzt zu verreisen. Ich werde noch ein paar Tage bleiben, wenn du damit einverstanden bist.» Eugen war einverstanden. Als er an Hedys Zimmertür vorbeiging, sah er, daß sie die Koffer nicht ausgepackt hatte.

Er war es, der die Initiative ergriff. Am Sonntag, als die

Gäste gegangen waren. «Dein Zimmer steht voller Koffer und Pakete. Willst du nicht heute nacht bei mir in unserem Zimmer schlafen, so wie früher?»

Es war anders als früher. Als hätten die vergangenen Tage andere Menschen aus ihnen gemacht. Oder vielleicht wiederhergestellt, was sie früher einmal gewesen waren und was der Alltag verändert oder gar zerstört hatte?

Die Frau, die er in den Armen hielt, war nicht mehr die pflichtbewußte Ehefrau, sondern ein junges Geschöpf, glücklich in den Armen eines Mannes zu sein, der sie liebte. Sie liebte, so wie sie war, und den sie selber lieben durfte, ohne irgend etwas beweisen zu müssen.

«Der Krieg steht vor der Tür», hatte einer der unerwünschten Sonntagsgäste gesagt. Man hatte auch schon früher davon gesprochen, aber im letzten Augenblick war es immer noch gelungen, den Krieg fernzuhalten. Diesmal sah es so aus, als gäbe es keinen letzten Augenblick mehr.

Der Krieg war da. Er rollte weithin hörbar durch die ganze Welt. Bis die Wende kam. Dann rollte der Krieg langsam, aber unerbittlich den ganzen Weg zurück. Erst am Ausgangspunkt Berlin machte er halt.

Hedy und der Kommerzienrat verbrachten die Kriegsjahre gewissermaßen Hand in Hand. Sie arbeitete als Freiwillige in einem Militärhospital, ihr Mann war als wichtiger Industrieller nicht eingezogen worden.

Und eines Tages stand ihr Haus in Flammen und brannte nieder, so wie auch des Nachbarn Haus. Sie fanden Unterkunft bei einer Angestellten, weit weg im Stadtteil Schönhausen.

Viel später, als der Krieg verloren war, gingen sie in ihr früheres Haus im Grunewald zurück, um festzustellen, ob von ihrer Habe noch etwas zu retten sei. Es war nicht viel. Mobiliar und Teppiche waren verbrannt. Im Keller fanden sich noch einige Metallgegenstände und in einer Ecke sechs oder sieben Bilder, die den Krieg überstanden hatten, darunter auch die «Jagdszene» mit nur leicht verkohltem Rahmen. Wie durch ein Wunder war das Bild erhalten. Man brauchte nur etwas Schutt und Asche wegzuräumen, und man sah die Hunde laufen und auch die Hasen. Keine amerikanische Bombe, keine russische Granate hatten es vermocht, ihren Lauf zu unterbrechen noch den Schritt des Jägers aufzuhalten. Das Bild schien unbeschädigt. Bis auf ein kleines Detail: der grüne Tupfer war weg, der Jäger trug nun einen aschgrauen Hut.

Eines Tages hielt vor der zerstörten Villa ein amerikanischer Jeep, dem ein junger Offizier entstieg. Das Tor zum Eingang war verschlossen, rechts und links Überreste eines Gitters, dahinter ein leeres Feld, das früher einmal ein Garten gewesen sein mochte. An der Tür, und wie zum Spott, eine elegante von Email eingerahmte elektrische Klingel, die nicht funktionierte.
Im Innern des Gebäudes war Hedy dabei, mit Hilfe eines älteren Mannes, eines früheren Gärtners, den Schutt wegzuräumen. Als sie durch einen der leeren Fensterrahmen den fremden Besucher erblickte, machte sie ihm ein Zeichen einzutreten.
Wie viele andere Besatzungsoffiziere war der junge Amerikaner auf der Suche nach Berliner ‹Andenken›, die er nach Hause mitnehmen könnte. Gegen den Willen

111

ihres Mannes war Hedy bereit mitzumachen. «Besser an Amerikaner verkaufen als an Russen ‹verschenken›.»

Schon bei den ersten Worten des Offiziers horchte Hedy auf. Er sprach zögernd deutsch, hatte einen leicht amerikanischen Akzent. Dennoch brach etwas durch, das Hedy sofort als einen berlinischen Hinter-Klang – es fiel ihr kein anderes Wort ein – identifizierte. Ein junger Amerikaner, ohne Zweifel deutscher Abstammung wie so viele in der U.S. Army. Sie ermahnte sich: diskret sein. Man mußte Schlimmes erlebt haben, um an der militärischen «Befreiung» der Heimat teilzunehmen.

Dann sagte sie doch: «Es muß schwer sein, in der Uniform des Feindes nach Hause zurückzukehren.» Auch sie hatte ihren Akzent wiedergefunden, und einen Augenblick lang waren sie beide nichts als zwei traurige Berliner. Aber so, als wäre es der Junge in Uniform sich schuldig, ein Feind zu bleiben, herrschte er Hedy an: «Was wollen Sie für den Plunder, den Sie zu verkaufen haben?»

Er nahm schließlich das silberne englische Tee-Service und drei Bilder, darunter die «Jagdszene», die ihn an etwas zu erinnern schien. Er nannte einen Preis. Viel zuwenig. Hedy sagte nichts. Sie wollte dem jungen Mann nicht Anlaß geben, sich in Amerika über geschäftstüchtige Berliner auszulassen. Sie schwieg. Nach einer Pause schlug er den doppelten Preis vor. Und noch dazu in amerikanischen Dollars. Sie nahm ein ganzes Bündel Geldscheine entgegen, und er ging, ohne sich zu verabschieden.

Drei Tage später kam ein Bote in amerikanischer Uniform. Unter dem Arm trug er ein sorgsam verschlossenes Paket. Es war an Hedy adressiert. In dem Paket die «Jagdszene» und ein Kärtchen. In wenigen Worten und in mühsamem Deutsch bat der junge Offizier die «schöne Berliner Dame», das Bild als Geschenk anzunehmen. Er hätte gemerkt, wie schwer sie sich davon trennte.

Der Kommerzienrat plädierte dafür, entweder das Bild oder die dafür bezahlten Dollars sofort zurückzuschicken. Aber das Kärtchen trug weder Namen noch Adresse. Berlin war eine große Stadt, unter der fremden Besatzung gab es viele Amerikaner. «Wir müssen das Bild behalten», meinte Hedy.

«Und wo soll es hin?» wollte Eugen wissen. Das Bild gemahnte ihn an all das, um das der Krieg sie gebracht hatte.

«Wo es hinsoll? Dahin, wo es früher einmal war», sagte Hedy.

Und auf ihres Mannes erstaunten Blick: «Es bleibt nicht so, wie es heute ist. Die Trümmer kommen weg, es werden Häuser gebaut. Du fängst noch einmal ganz bescheiden an, und eines Tages bauen wir dieses Haus wieder auf und möblieren es so, wie es war. Und ins Eßzimmer, dem Platz der Hausfrau gegenüber, kommt das Bild.»

Es klang wie ein Märchen.

«Du glaubst wohl an Wunder?»

«Ja», sagte Hedy.

«Meinst du, daß morgen, wie durch ein Wunder, alles wieder so ist wie früher?»

«Nein», entgegnete Hedy. «Nicht morgen. Es wird etwas länger dauern.»

Hedy sollte recht behalten. Es dauerte mehrere Jahre, ehe das Wort ‹Wunder› im Zusammenhang mit dem deutschen Wirtschaftsaufstieg in das Vokabular der Welt einging.

Der Fremde

«Es ist jemand da, der Sie sprechen will, Madame», sagte der Portier. Ich saß in der Halle des Kempinski-Hotels. Auf dem Tischchen vor mir einige Tageszeitungen, die ich noch nicht gelesen hatte.

Die Atmosphäre in der Halle war, wie immer in jener Zeit, leicht amerikanisch. Man hatte sich den Siegern angepaßt, in der Kleidung wie auch im Gehabe. Auch die Sprache hatte unglaublich schnell vieles aus dem Amerikanischen übernommen, so als hätte sie darauf gewartet, nach langer Abstinenz ein bißchen vergewaltigt zu werden. Es schwirrte nur so von «okay» und «hello» und «good-bye».

Der junge Mann, der eben die Hotelhalle durchquerte und auf mich zukam, hatte mit alldem nichts zu schaffen. Er war offensichtlich einer von denen, die in diesen Tagen zu Hunderten, ja zu Tausenden aus der DDR über Berlin in die Bundesrepublik auswanderten. Die Grenze war noch offen, es genügte, ein U-Bahn-Billett zu kaufen und sich nicht durch Mitnahme von Gepäck verdächtig zu machen.

Mein Besucher schien in der Atmosphäre des Luxushotels etwas verloren. Er trug einen hellen Sommeranzug, der ohne Zweifel noch vor dem Krieg angefertigt worden war. An den Füßen Sandalen aus Kunstleder, echtes Leder war in der DDR so kostbar und selten, daß man es nicht an Schuhwerk verschwenden durfte.

Nun saß er neben mir, ein schöner Junge, ein Junge in großer Verzweiflung. Er hatte sich vorgestellt, aber ich hatte den Namen nicht verstanden. Er hatte gesagt: «Sie sind die einzige, die ich aus dem Westen kenne.» Und auf meinen erstaunten Blick: «Ich habe Sie vor zwei Tagen in einer Fernsehsendung gesehen und wußte, daß Sie in Berlin sind. Ich brauche Rat.» Und nach einer Pause: «Wie tausend andere stehen wir, meine Frau und ich, vor der Frage, ob wir dableiben oder mit leeren Händen flüchten sollen. Sie sind Journalistin, Sie wissen mehr. Wird eine richtige Grenze geschaffen? Wird der Westen das erlauben?»

Ein häßlicher Verdacht stieg in mir auf. Als habe er meine Gedanken erraten: «Nein, ich arbeite nicht für einen Geheimdienst. Bis vorigen Mittwoch waren wir fest entschlossen wegzugehen», fuhr er fort. «Aber dann kamen die Möbel.»

«Die Möbel?»

«Ja. Wir hatten sie vor zwei Jahren, kurz vor unserer Hochzeit, bestellt. Mittwoch wurden sie geliefert, und nun ist alles anders.»

Schweigen.

«Wir schlafen in einem richtigen Bett. Und ich kann meinen Anzug in einen richtigen Schrank hängen. – Was sollen wir machen?»

Er sah plötzlich sehr müde aus, und ich hatte das Gefühl, neben jemandem zu sitzen, den ich schon lange kannte.

«Geben Sie mir einen Rat. Als Geschenk.»

Nun ist es nicht leicht, einem Freund zu raten. Was aber konnte man einem Fremden sagen, von dem man nichts wußte? Ich dachte, daß es schwer ist, in einer Zeit zu leben, in der man zu wählen hat zwischen Freiheit und dem Besitz eigener Möbel.

Ich hatte nicht den Mut auszusprechen, was ich dachte: Gehen Sie in den Westen, hätte ich gern gesagt. Sie werden früher oder später Arbeit finden und Ihre Frau auch. Und wenn Sie auf den Gedanken kommen, sich Möbel anzuschaffen, dann gehen Sie einfach in das nächste Möbelgeschäft, gleich um die Ecke oder ein paar Straßen weiter. Wenn Sie schon eine feste Anstellung hätten, könnten Sie die Möbel auf Kredit kaufen, und sie würden Ihnen schon zwei Tage später geliefert werden. Nein... nicht zwei Jahre. Zwei Tage, Sie haben richtig gehört.

Ich unterbrach meine Gedanken. Ich durfte keine Ratschläge geben. «Und was sagt Ihre Frau dazu?»

«Meine Frau? Sie möchte gerne dableiben, wo wir sind, ihre Eltern wohnen in der Nähe. Sie klammert sich an das, was Ulbricht vor ein paar Wochen gesagt hat. Auf einer internationalen Pressekonferenz, glaube ich. Daß es keine Mauer geben würde. Vielleicht haben Sie selber dabei mitgemacht. Bei der Pressekonferenz, meine ich.»

Das stimmte. Ich hatte bei der Pressekonferenz in Ostberlin «mitgemacht» und den bösen Blick nicht vergessen, den mir Ulbricht aus goldgeränderten Brillengläsern zuwarf, als ich, gerade nach dieser seiner Beteuerung, etwas zu schnell aufstand und meinen Stuhl so energisch zurückschob, daß sein Knarren deutlich zu hören war. Ich wollte möglichst schnell den Ausgang erreichen, meinen Wagen vom Parkplatz holen und in den Westen der Stadt zurückkehren. Ein Versuch, von Ostberlin aus einen Telefonanruf an meine Pariser Redaktion zu bewerkstelligen, wäre aussichtslos gewesen. Ich war in Eile; in der Tat hatte der wichtigste Mann der DDR zum erstenmal von einer Mauer gesprochen:

«Ich weiß, daß es im Westen Leute gibt, die meinen, wir planten, die Bauarbeiter dieser Stadt zu mobilisieren, um eine Mauer zu errichten. Mir ist nicht bekannt, daß eine solche Absicht besteht.»

Der typische Singsang seiner Stimme kletterte etwas höher: *«Die Bauarbeiter dieser Hauptstadt»*, sagte er, *«sind damit beschäftigt, Häuser zu bauen. Niemand hat die Absicht, eine Mauer zu errichten.»*

Ulbricht schien großen Wert auf diese Mitteilung zu legen. Wenn auch ihr Hauptzweck war, die Flucht der Bürger einzudämmen, so mochte es ebenfalls heißen, daß die westlichen Alliierten sich einer Teilung der Stadt widersetzen würden.

In diesem Augenblick ging ein Kellner an uns vorbei, der einen Kuchenwagen vor sich herschob, und da der Fremde wie ein kleiner Junge aussah, zögerte ich nicht, ihn zu fragen, ob er Lust auf ein Stück Kuchen hätte. Er nahm dankend an. Um ihm etwas Freundliches über seine Heimat zu sagen, erzählte ich ihm, daß ich bei meinen Besuchen in Ostberlin und in der DDR immer über die gute Qualität des Gebäcks staunte. Vielleicht lag es ja auch daran, daß man Besucher aus dem Westen besonders verwöhnte, aus einer Art Nationalstolz, so arm, wie die Umwelt behaupte, sei man nun auch nicht.

Der Fremde stimmte mir zu. «Es ist aber nicht immer leicht, die richtigen Zutaten zu finden», meinte er. «Vor allem Rosinen.» Nach einer Pause fügte er hinzu: «Und nicht nur Rosinen. Ich arbeite in einer Apotheke.» Und etwas zögernd, so als schäme er sich: «In einer Apotheke, wo Kunden oft weggeschickt werden, weil wir die Medikamente nicht haben, die ihnen verschrieben worden sind. Medikamente, die oft aus dem Ausland kommen und die wir nicht beschaffen können, weil die Devisen fehlen. Es schmerzt, ‹bedaure› sagen zu müssen, wenn ein Kranker vor einem steht.»

Der Fremde war gegangen. Ich versuchte meine Zeitungen zusammenzubündeln, um auf mein Zimmer zu gehen, als Jean vor mir auftauchte. Ein Kollege, der gute Verbindungen zum Quartier Napoléon hatte, dem Sitz der französischen Besatzungsbehörde. Er kam gleich zur Sache: «Ich muß sofort in mein Büro und bin nur schnell vorbeigekommen, um Sie zu informieren. Ulbricht ist vor zwei Stunden nach Moskau geflogen. Das kann nur einen Zweck haben: Er will grünes Licht für die Sperrung der Grenze. Er braucht auch die Zusage, daß die russischen Divisionen, die in der DDR stationiert sind, ihm beistehen für den Fall, daß es zu unliebsamen Reaktionen in der Bevölkerung kommt und... Aber hören Sie mir überhaupt zu?»

Natürlich hörte ich zu. Es war mein Beruf zuzuhören. Aber zugleich haderte ich mit dem Schicksal. Ich fragte mich, warum der Fremde nicht fünf Minuten – ich sah auf die Uhr, es waren genau fünf Minuten – länger geblieben oder Jean nicht fünf Minuten früher gekommen war. Ich hätte anders zu dem Fremden gesprochen, und sei es in Gegenwart von Jean.

Ich hätte gesagt: «Sie haben nur noch wenige Tage Zeit. Vergessen Sie die Möbel. Man kann auch ohne eigenen Kleiderschrank glücklich sein. Wichtig ist es, den Fuß hinsetzen zu können, wo man will. Frei zu sein.» Ich hätte gesagt: «Nehmen Sie Ihre Frau und steigen Sie in die U-Bahn Richtung Westen.» Wäre er meinem Rat gefolgt? Dem Rat einer Fremden?

Jean hatte sich verabschiedet. Ich war in meinem Zimmer. Mein Blick fiel auf einen Kalender, der auf dem Schreibtisch lag: der 3. August 1961. Die Dinge waren in Bewegung gekommen.

Keiner wußte, daß genau zehn Tage später der Bau der Berliner Mauer beginnen würde und daß den westlichen Alliierten nichts anderes übrigblieb, als sich mit diesem mittelalterlichen Bauwerk abzufinden.

Keiner wußte, daß diese «Mauer», dieses klägliche Monument unseres Jahrhunderts, achtundzwanzig lange Jahre stehen und der Versuch, sie zu überwinden, vielen Menschen das Leben kosten würde.

Keiner ahnte, daß es eines Tages die Berliner selbst sein würden, die die Mauer niederrissen, ohne daß ein einziger Schuß fiel.

Was aus dem Fremden geworden ist, weiß ich nicht.

Ein stiller Abend
im lärmenden Berlin

Telefonanruf meiner Pariser Chefredaktion. Ein persönlicher Freund des Direktors – man nannte mir den Namen eines bekannten Industriellen – plane eine Informa-
tionsreise nach Deutschland und würde ein oder zwei
Tage in Berlin verbringen. Man rechne damit, daß ich
ihm zur Verfügung stehe. Der Besucher interessiere sich
natürlich vor allem für Fragen der Wirtschaft und des
Finanzwesens.
Bei meiner Zeitung und unseren Lesern galt ich gerade
auf diesen Gebieten als besonders gut informiert und
hatte sogar in den letzten Wochen einige Sondermel-
dungen aus Berlin geliefert. Dabei wußte man natürlich
nicht, daß die Wirklichkeit ganz anders aussah und daß
ich diese Erfolge oft meiner Unwissenheit verdankte.
Denn während ich mich im Labyrinth der Hitlerschen
Politik einigermaßen zurechtfand, kam es vor, daß mich
das Gewirr der Wirtschaft völlig verwirrte. Eine Tatsache, die aber auch ihr Gutes hatte: In Gesprächen mit
Wirtschaftsleuten geschah es immer wieder, daß man
mich für ein «Dummerchen» hielt. Frauen im Journalismus waren damals noch selten. In dem Bemühen, mir
die Fakten und Zusammenhänge richtig einzutrichtern,
erklärte man mir dann oft mehr, als man wollte, fügte hin

und wieder ein Detail hinzu, das bisher unbekannt war. Das konnte manchmal für eine «Sondermeldung» hilfreich sein.

Also sah ich dem Besuch mit einiger Unruhe entgegen.

Monsieur de... telefonierte kurz nach seiner Ankunft und schlug mir vor, mit ihm zu Abend zu essen. Die Wahl des Lokals überließ er mir. Wenn möglich ein typisches Berliner Restaurant. «Ohne Musik, bitte.» Er schien Berlin mit München zu verwechseln. Ich schlug Kempinski vor. Das große Haus in der Leipziger Straße natürlich.

Ich war auf Monsieur de... nicht sonderlich neugierig: ein Pariser Industrieller, mit dem Besitzer meiner Zeitung befreundet. Sicherlich einer jener stattlichen Herren, etwas rundlich, gepflegter Schnurrbart, eleganter Anzug, die ab und zu Berlin besuchten.

Ich betrat den Vorraum des Restaurants und hielt Ausschau nach diesem mir bekannten Modell, als ein schlanker, hochgewachsener Mann mit glattem, schöngeschnittenem Gesicht auf mich zukam, der sogleich vertraut schien. So hatten sie ausgesehen, die Ritter, die Jeanne d'Arc auf dem Weg nach Reims zur Krönung des Königs begleiteten. Waren sie hochgewachsen? Das schien schwer zu beurteilen, denn sie waren zu Pferde.

Ein Detail natürlich, das den Pariser Besucher von den alten Bildern unterschied: Er trug keine Rüstung, sondern einen sichtlich in London geschneiderten Anzug. Woran er *mich* erkannte, weiß ich nicht.

Ich war diszipliniert genug, mir mein Erstaunen nicht anmerken zu lassen. Er freute sich über meine Pünktlichkeit und vergaß sich vorzustellen. Sein Händedruck war fest. Wir gingen durch den langen Speisesaal, ich hatte einen Tisch ganz am Ende bestellt, um ihm einen besseren Überblick zu geben. Kaum hatten wir Platz genommen, wollte ich wissen: «Waren die Ritter zur Zeit Jeanne d'Arcs groß oder klein?»

Monsieur de... hatte sicher Kinder, unerwartete Fragen überraschten ihn nicht.

«Meist sind sie zu Pferde, aber ich glaube sie überragten Jeanne um einiges.»

Nun wird er wohl fragen, warum ich das wissen wollte. Statt dessen sagte er:

«Ich hatte Sie mir ganz anders vorgestellt. Man denke: eine junge Frau, die sich für nichts anderes interessiert als für Wirtschaft und Finanzen.»

Aha, dachte ich, das ist die Einleitung zum gefürchteten Frage- und Antwortspiel.

Aber es folgte nicht.

Neben unserem Tisch standen, geduldig wartend, der Maître d'Hôtel, hinter ihm der Sommelier mit der Weinkarte. Der Kellner reichte Monsieur de... das Menü. Er konnte damit nicht viel anfangen und bat mich um Hilfe. «Für mich etwas typisch Berlinisches.»

Ich bestellte einen Berliner Pot-au-feu und als Nachspeise eine Spezialität des Hauses, Schwedenfrüchte: verschiedene rote und auch schwarze Beeren, zu Mus verkocht, kaltgestellt und mit flüssiger Sahne serviert. Dazu einen Saarwein, den ich kannte.

Wir sprachen nicht viel, aber er ließ den Saal nicht aus den Augen: wenig Gäste in Zivil, fast alle in brauner oder schwarzer Uniform. Manchmal in Begleitung einer

123

Dame, auch sie meist in Uniform. Hin und wieder war an einem der Tische lautes Lachen zu hören, ein besonderer Ausbruch guter Laune. Das Leben war schön. Es genügte, sich an das zu halten, was von einem verlangt wurde.

So als hätte mir der Lärm im Saal die Sprache wiedergegeben, war ich es, die das Gespräch eröffnete.

«Ist dies Ihr erster Besuch in Berlin?»

«In diesem Berlin, ja. Früher einmal, vor fünf oder sechs Jahren, war ich ein paar Wochen lang hier. Aber das war eine andere Stadt, ein Berlin, von dem damals die ganze Welt sprach. Ich besinne mich an einen englischen Schriftsteller oder Diplomaten, der den besonderen ‹Charme› der Stadt pries. Was sie von vielen anderen unterschied, schrieb er, sei die ‹stete Bewegung›.»

«Das war Harold Nicholson», sagte ich, «und ich kann mich an das erinnern, was er schrieb: ‹Keine Stadt in der Welt ist so unruhig wie Berlin...› Und dann auch, von den langen Abenden sprechend: ‹Die Augen, die in London oder Paris längst zugefallen wären, sind in Berlin hellwach und sogar um drei Uhr früh auf der Suche nach einem neuen Erlebnis oder einer neuen Idee›.»

«Gibt es das noch?» wollte Monsieur de... wissen. «Ich meine diese besondere Art der schöpferischen Bewegung?»

Ich mußte nachdenken. «Nein, ich glaube nicht. Keine Bewegung. Eher eine Art Bereitschaft. Jeder kennt nicht nur seinen jetzigen, sondern auch seinen künftigen Platz. Und würde erbarmungslos jeden anderen vernichten, der ihm diesen seinen angewiesenen Platz streitig machte.»

Es folgte eine lange Pause. Dann legte Monsieur de... Messer und Gabel hin, warf einen langen Blick auf den Saal, sah mich an und fragte: «Haben Sie eigentlich niemals Angst?»

Angst. Das kleine einsilbige Wort traf mich wie ein Faustschlag. Auch ich legte Messer und Gabel hin, ehe sie mir aus den Händen fielen.

«Angst», wiederholte ich, «Angst.»

Mit einem Male war mir klar, daß ich dem Wort seit nunmehr vielen Jahren sorgfältig aus dem Wege gegangen war. Ich war vor dem Wort geflüchtet seit Beginn. Tag für Tag. Und nun hatte es mich eingeholt.

Monsieur de... mußte etwas gemerkt haben. Er schob mein Weinglas zur Seite und füllte einen leeren Römer mit Wasser.

«Trinken Sie das», sagte er. Und dann: «Die Luft hier ist etwas drückend.»

Ich nahm all meine Energie zusammen. «Nein», sagte ich. «Der Saal hier ist ausgezeichnet gelüftet, es liegt an mir.»

Er stellte keine Frage, und ich trank mein Glas leer. Ohne es zu merken, war ich ihm näher gerückt, mein Stuhl stand nun neben dem seinen, und jetzt konnte auch ich einen Blick auf den Speisesaal tun.

Dort war es inzwischen lauter und lauter geworden. Der in großen Mengen getrunkene Alkohol trug ohne Zweifel dazu bei, die Stimmung zu fördern. Die jüngeren Kellner schienen sich darüber zu freuen, hin und wieder nahm der eine oder andere ein Glas Wein oder Sekt an, das einer der Gäste ihm kredenzte.

Ältere Angestellte dagegen – das konnte man merken –

hatten Mühe, ihre Mißbilligung zu verbergen. Das Kempinski-Restaurant hatte nie als Luxuslokal gegolten, war aber für eine gewisse ruhige Eleganz bekannt. Davon war nichts mehr übrig.

Es war Monsieur de..., der das Schweigen brach. Er hatte seine Hand auf die meine gelegt, als wolle er mich im voraus beruhigen.

«Angst», wiederholte er. «Angst. Auch ich habe Angst. Eine andere Art von Angst vielleicht.»

Er schwieg und sah mich an. Ich sagte nichts. Monsieur de... fuhr fort:

«Ich glaube, es geht auf einen Krieg zu. Ich glaube, daß der Mann hier» – er vermied es, den Namen zu nennen – «von nichts anderem träumt als davon, sein Territorium zu vergrößern. Oder sagen wir so: Der Krieg steht nicht vor der Tür, aber er nähert sich ihr in gefährlichem Tempo.»

Eine neuerliche Pause. Und dann war es mit einem Male so, als spräche ein anderer, jemand, der einem etwas Wichtiges zu erzählen hat: «Ich war vor einigen Tagen bei einer Freundin, die ich regelmäßig aufsuche. Ein einfaches Mädchen, das im Rhônetal bei seinen Eltern wohnt, arme Leute, die wenig anderes besitzen als dort ein Stückchen Land. Ein Mädchen, das nie anderswo gelebt hat. Eine Kranke. Seit vielen Jahren gelähmt. Marthe Robin.»

Der Name klang vertraut.

«Ein ganz besonderes Geschöpf», fuhr Monsieur de... fort. «Es heißt, sie habe ‹überirdische› Kräfte. Nein, der Ausdruck ist falsch. Sie sei vielleicht auserwählt, ‹außerirdische› Botschaften weiterzugeben. Botschaften, die ihr von da oben» – er wies auf die Decke und darüber hinaus auf den Himmel – «aufgegeben sind. Es heißt von ihr, sie habe seit vielen Jahren nichts gegessen und nichts getrunken. Nichts anderes zu sich genommen als die heilige Hostie, die ein Priester ihr täglich verabreicht. An jedem Freitag erlebe sie an ihrem Körper die Wundmale des Heilands. Eine Auserwählte? In den letzten Jahren haben viele kirchliche Würdenträger sie besucht, waren sich aber in ihrem Urteil nicht einig.

Was mich betrifft», fuhr Monsieur de... fort, «so habe ich sie durch einen befreundeten Dominikanerpater kennengelernt und besuche sie seitdem mehrmals im Jahr. Sie hat mir oft mit dem, was sie sagte oder auch durch ihr bloßes Schweigen über schwierige Situationen hinweggeholfen.

Seit einiger Zeit nun ist sie verändert. Unruhig. Bekümmert. Auch sie glaubt an den Krieg, obwohl sie das Wort nie ausgesprochen hat.»

Nach einer neuerlichen Pause: «Nun habe ich erfahren, daß es in Deutschland eine Frau gibt, die ähnlich lebt wie Marthe Robin. Auch sie in einem kleinen Dorf, irgendwo in Bayern, Konnersreuth. Ich will sie sehen, mit ihr sprechen. Wissen, ob unsere Angst geteilt wird. Ob die Welt einer Katastrophe zusteuert.»

Ich war plötzlich ganz ruhig geworden. Von Schacht, dem Finanzminister, war mir alles fremd, von Therese jedoch, die in Konnersreuth lebte, wußte ich sicher nicht alles, was wissenswert war, aber doch eine ganze Menge.

Auch sie gehörte zu der damals großen Familie der Stigmatisierten. Viele glaubten an sie, und man sprach davon, daß Tausende von Gläubigen und Hilfebedürftigen sich an Karfreitagen in der kleinen bayerischen Ortschaft drängten. Ob sie wohl Französisch spreche, wollte Monsieur de... wissen. Kaum. Obwohl sie in vielerlei Sprachen ein paar Worte wiedergeben konnte, die sie gehört hatte. Ob es stimmte, daß Aramäisch dazu gehörte, konnten die Besucher nicht entscheiden.

Monsieur de... erzählte, er habe Mühe gehabt, in dem kleinen Ort Unterkunft zu finden. Es sei ihm aber gelungen, schon vor vielen Wochen in einer einfachen Herberge ein Zwei-Bett-Zimmer zu reservieren.

Fast automatisch überkam mich die Vorstellung, es wäre verlockend, den «Ritter» nach Konnersreuth zu begleiten, als Dolmetscherin vielleicht. Die zwei Betten – auch daran dachte ich – könnte man auseinanderrücken. Oder auch nicht. Vielleicht wäre es schön, in des «Ritters» Armen für einige Stunden die drohende Zukunft zu vergessen. Und auch die Gegenwart.

Die Gegenwart. Ich blickte auf meine Armbanduhr.

«Es tut mir leid», sagte ich. «In einer halben Stunde kommt der allabendliche Anruf meiner Zeitung aus Paris.»

«Und was geschieht dann?» wollte Monsieur de... wissen.

«Dann diktiere ich die Texte, die ich heute vorbereitet habe.»

Monsieur de... verlangte die Rechnung. Wir verließen das lärmende Lokal.

Auf der Fahrt wurde nicht gesprochen. Aber es war ein Schweigen besonderer Art, ein enges, fast zärtliches Schweigen. Vor dem Eingang zur Tiergartenvilla, in der

unsere Redaktion war, wollte Monsieur de... zunächst die Taxe wegschicken. Ein letzter Drink mit mir? Das Büro lag im Hochparterre, man konnte das Klingeln des Telefons hören. Sicherlich eine Agentur mit einer späten Meldung. «Ich muß zur Arbeit.» Er umarmte mich, als seien wir langjährige Freunde. «Ich melde mich wieder bei Ihnen.»
Monsieur de... meldete sich tatsächlich wieder bei mir. Fast auf den Tag acht Jahre später.

Einige Zeit nach Kriegsende ging das Telefon in meiner Londoner Wohnung: Monsieur de...
Ich leitete die literarische Abteilung der französischen Nachrichtenagentur und hatte seit langer Zeit nichts unter meinem eigenen Namen veröffentlicht. Es war also nicht leicht, mich in London ausfindig zu machen. Um so mehr, als es in Pariser Journalistenkreisen hieß, ich sei bei einem Bombenangriff ums Leben gekommen. «Unsinn...» hatte Monsieur de... gesagt und über Botschaft und Konsulat meine Adresse und Telefonnummer erfragt.
Wir verabredeten für denselben Nachmittag ein Rendezvous. Da es ein sommerlich schöner Sonnentag war, wählten wir den Hyde-Park und einen bestimmten Platz, den wir beide kannten, am Ufer des Teiches mitten im Park.
Und nun saßen wir auf einer Bank und schauten ins Wasser des Teiches, in dem sich die Bäume des Ufers spiegelten.
Wir hatten uns verändert. Vielleicht auch wurde uns zum erstenmal bewußt, daß wir uns nicht kannten.

Monsieur de... hatte nichts mehr von dem Ritter aus dem fernen Bilderbuch. Er war zwar immer noch groß, aber auffallend hager, und es schien, als schlottere seine Kleidung an dem abgemagerten Körper. Und an mir klebten ohne Zweifel die Londoner Bombennächte, die Furcht und die Trauer.

Alles Dinge, über die man nicht sprach. Auch Monsieur de... erzählte nichts vom Krieg, von seiner Tätigkeit beim Widerstand, von Verhaftung und Deportation. Dinge, die man später durch Zeitungsberichte erfahren würde.

Man hatte einiges überlebt. Und um es zu überleben, war man bis zur äußersten Grenze seiner Kraft gegangen. Vielleicht würde man später einmal darüber sprechen können. Für den Augenblick bedurfte es aller Energie, frei zu atmen. Berichte und Schilderungen würden warten müssen.

In vielen Fällen – aber das wußten wir damals noch nicht – würde die Unfähigkeit zu sprechen einige Jahrzehnte dauern. Eines aber ahnten wir vielleicht damals schon: Es würde nie die genaue Schilderung der Realität sein; es gibt Dinge, die unsagbar sind und andere, die – vielleicht weniger tragisch – weniger endgültig – dennoch ungesagt bleiben.

Wir blickten in das Wasser des Teiches. Monsieur de... zitierte ein Sprichwort. ‹Wer zu lange auf die Bäume blickt, die sich im Wasser spiegeln, läuft Gefahr, zu dem Schluß zu kommen, die Fische wüchsen in den Ästen.› Ein chinesisches Sprichwort», präzisierte er.

Wir hatten unsere Bank verlassen und gingen auf den Ausgang des Parks zu. Plötzlich blieb Monsieur de...

stehen, sah mich an, als hätte er vergessen, mir etwas zu sagen: «Ich habe manchmal, wenn es sehr schlimm wurde, an unseren Berliner Abend gedacht. Nein, richtiger, an Sie. Es war, als könnten Sie mich beschützen.» Dann nahmen wir Abschied voneinander. Noch am selben Abend würde er nach Paris zurückfliegen. Er hielt mich mit beiden Händen fest: «Sie sehen anders aus als damals in Berlin», sagte er. «Sie sehen glücklich aus.» «Ich bin glücklich», sagte ich.

Nahe am Ausgang gab es einen Taxenstand. Aber wie gewöhnlich am Spätnachmittag war kein Wagen zu sehen, und so schloß ich mich denn ordnungsgemäß dem kleinen Trupp der Wartenden an. Vor mir ein Herr mit einer Dame, die in einer mir fremden Sprache redeten. Dabei fiel mir ein, daß ich vergessen hatte, Monsieur de... zu fragen, ob er damals wirklich nach Konnersreuth gefahren war.

Und nun saß ich endlich in einer Taxe und gab die Adresse an: das El Vino, eine ruhige, kleine Bar in der Fleet Street, der Londoner Zeitungsstraße, wo ein junger Mann auf mich wartete, den ich erst seit einigen Wochen kannte. Ein sehr junger Mann, der nichts von «Vorkriegsangst» wußte und nichts von stillen Abenden im lärmenden Berlin.

Das grüne Kostüm

Die Journalistin stand unschlüssig vor dem Hotel am Zoo, in dem sie die Woche vorher abgestiegen war. Sie mußte einen Pullover kaufen. Aber wo?

Sie überquerte den Kurfürstendamm und wunderte sich über den Verkehr, der so normal verlief, als sei alles heute so, wie's gestern war. Als hätte es nicht am Tag zuvor, gleich um die Ecke, in Ostberlin, einen Aufstand gegeben, eine richtige Revolte mit Verwundeten und mit Toten. Gestern: das war der 17. Juni gewesen. 1953.

Deshalb mußte sie heute früh den gestern getragenen rosa Pullover, sorgfältig in Zeitungspapier gewickelt, in den Papierkorb werfen, der in ihrem Hotelzimmer stand. Er war bedeckt mit dunklen Blutflecken: nicht ihr eigenes Blut. Das Blut eines jungen Arbeiters, der, vor den russischen Panzern fliehend, in ihren Armen gelandet war.

Wie in einem Film lief der gestrige Tag noch einmal vor ihr ab, und sie wußte, daß sie diesen Film nie werde vergessen können. Die Ostberliner Arbeiter, die zum erstenmal den Mut gehabt hatten, gegen allzu hohe Arbeitsnormen aufzubegehren, in einen Proteststreik zu treten, Zeitungsstände in Brand zu setzen und öffentliche Gebäude zu bedrohen. Der oberste Mann des Staates, Walter Ulbricht, der sich an die russische Besatzung wandte und um Hilfe bat.

Die Journalistin war dabeigewesen. Die breite Straße Unter den Linden starrte vor Panzerwagen mit dem roten Sowjetstern. In den Türmen ganz junge Soldaten, runde Gesichter, runde Augen, verständnislose Mienen. Man sah ihnen an, daß sie nicht verstanden, was sie hier sollten. Sie waren in Berlin stationiert, und man hatte ihnen immer erklärt, sie seien bei «sozialistischen Brüdern». Warum dann diese zornige, haßerfüllte Menge, die die Panzerwagen mit Steinen bewarf? Die russischen Maschinengewehre antworteten und gaben Feuer.

Und dann landete der junge Arbeiter in den Armen der Journalistin. Sein Gesicht war tränenüberströmt, und er blutete aus einer Kopfwunde. «Kannst du das verstehen, Genossin? Da haben sie uns gesagt, sie seien unsere Brüder, unsere Befreier. Und nun schicken sie uns Panzer!»

Kurz darauf wurde der Ausnahmezustand verhängt, und sie mußte den «Kriegsschauplatz» verlassen. Der junge Arbeiter hatte sich längst aus ihren Armen gelöst, war von Kameraden weggebracht worden.

Sie kannte den Modeladen nicht, in den sie nun eintrat. Er war «früher einmal» noch nicht dagewesen.

Sie brauche einen Pullover, erklärte sie der Dame, die sie empfing. Vor dem Ladentisch gab es eine Reihe von hohen Stühlen, und sie war froh, sich setzen zu können: der Vortag war ermüdend gewesen. Einige Bilder tauchten wieder auf, und sie kam erst in die Realität zurück, als sie merkte, daß ihr kleine Stöße von Pullovern zugeschoben wurden, alle in grüner Farbe, aber in vielfachen Nuancen: moosgrün, grasgrün, smaragd- und jadefarben, auch nilgrün.

Sie mochte die vor ihr ausgebreiteten Kleidungsstücke nicht und schob eines nach dem anderen zur Seite. «Haben Sie nichts anderes als Grün?» wollte sie wissen.

Ein kurzes Schweigen, dann: «Grün war doch früher einmal Ihre Lieblingsfarbe, Madame.»

«Früher einmal?» Sie blickte auf und sah die Dame an, die sie bediente. «Es ist das erste Mal, daß ich in diesen Laden komme.»

«Und ich arbeite erst seit Kriegsende hier», war die Antwort. «Früher einmal war ich etwas weiter unten, Ecke Uhlandstraße. Aber unser großes Schaufenster ging auch auf den Kurfürstendamm...»

«...und da war das grüne Kostüm ausgestellt, das ich gekauft habe, ehe ich Berlin für immer verließ», ergänzte die Kundin. Und dachte: Das war wirklich «früher einmal».

Sie sah die Verkäuferin an: eine nicht ganz junge, aber noch schöne Frau, groß und stattlich, blondes, sichtlich gefärbtes, dichtes Haar, in einem Knoten zusammengefaßt.

Und da war auch plötzlich die Ankleidekabine von damals da, in der sie das Kostüm anprobierte, das ihr im Schaufenster so gut gefallen hatte.

«Und sie waren nicht allein», ergänzte die Verkäuferin. «Sie waren in Begleitung eines Herrn. Sie sprachen französisch miteinander, und ich konnte nicht alles verstehen. Es war die Rede davon, daß Sie in wenigen Tagen Berlin verlassen würden.»

Die Journalistin wollte nicht, jetzt nicht an «früher einmal» erinnert werden. «Ich nehme diesen hier», sagte sie
und zeigte auf den Pullover, der gerade vor ihr lag.
Aber die Verkäuferin ließ sich nicht so leicht vom Thema
abbringen. «Das Kostüm paßte wie angegossen, nur die
Ärmel mußten etwas gekürzt werden. ‹Können Sie
nächste Woche wiederkommen›, fragte ich Sie. ‹Nein›,
sagten Sie, ‹das kann ich nicht›. Wir hatten eine Näherin
im Haus, und ich würde versuchen, die Änderung gleich
vornehmen zu lassen. Die Kabine lag eine kleine Treppe
höher als der Laden. Als ich die Stufen hinunterkam, sah
ich, wie der Herr sich mit seinem Taschentuch die Augen
wischte. Ich entnahm daraus, daß er nicht mit Ihnen fahren würde. Es war alles wie in einem Roman. Später
dachte ich noch manchmal an das Kostüm, das Ihnen sofort so gut paßte, als sei es für Sie maßgeschneidert worden. Und auch an den Herrn. Ich fragte mich, ob die
junge Dame damals wußte, daß sich der Herr die Tränen
aus den Augen wischte.»
Nein, dachte die Journalistin, von den Tränen hatte sie
nichts gewußt. Nur von der Trauer. Francesco und sie
hatten das gewählt, was man eine «Vernunftsschei-
dung» nennen konnte, richtiger eine «Vernunftstren-
nung», denn sie waren nie auf einem Standesamt gewesen. Die Journalistin liebte ihren Beruf, ihr Freund war
Diplomat. Die damalige Politik wollte es, daß einer von
beiden die Karriere hätte aufgeben müssen. Sie hatten
die Trennung für vorübergehend gehalten. Sie wurde
endgültig.
Das grüne Kostüm aber begleitete die Journalistin zunächst nach Paris, dann nach London, wo der Kriegsbe-

ginn sie während der Ferien überrascht hatte und wo sie dann bis zum Ende des Krieges blieb. Allein? Nein. Das grüne Kostüm war dabei.

War die Journalistin eine besonders tapfere junge Frau? Durchaus nicht. Da sie aber in einer Gruppe von französischen Exil-Journalisten, die eine «Freie Französische Tageszeitung» herausgaben, das einzige weibliche Wesen war, mußte sie auch in schlimmsten Bombennächten Haltung bewahren. Also wurde ihr oft die Aufgabe zuteil, «Nachtdienst» zu tun, eine Arbeit, die oft bis gegen Mitternacht dauerte. Während draußen die Bomben niedergingen, sorgte sie dafür, daß die Zeitung noch die letzten Meldungen veröffentlichen konnte. Zeigten sich englische Kollegen erstaunt darüber, daß eine Journalistin im fünften Stockwerk eines Gebäudes in der Fleet Street die telefonische Verbindung mit der etwas entfernten Druckerei aufrechterhielt, war die Antwort immer dieselbe: Das macht sie gerne. Sie hat keine Angst.

Die Wahrheit war ganz anders. Aber sie konnte den Kollegen doch nicht erzählen, daß sie, jedesmal wenn eine Bombennacht drohte, das grüne Kostüm als eine eigene private «Flak» einsetzte. Sie nahm das grüne Berliner Kostüm aus dem Schrank und zog es für den «Nachtdienst» an, obwohl es in einer Zeitungsredaktion nicht gerade am Platz war: ein enger Rock und eine sehr taillierte Jacke aus feinem Wollstoff, von geheimnisvollen, seltenen Fäden durchzogen, die ihm einen goldenen Schimmer verliehen.

Die da oben, dachte sie vielleicht, werden sich doch nicht

an einer Person vergreifen, die ein so schickes, in Berlin angefertigtes Kleidungsstück trägt. Man ist nicht immer ganz erwachsen, wenn man in Lebensgefahr schwebt. Dabei wollte sie nicht wahrhaben, daß von besagtem Berliner Schick nur noch wenig übrig war.

Es ist traurig, einem Kleidungsstück beim Altern zuzusehen. Zuerst weigerte sie sich, die Veränderung wahrzunehmen. So wie das mit einem geliebten Gesicht der Fall ist. Es ist dasselbe, meint man, und doch ist etwas anders. Vielleicht nur da oder dort eine kleine Falte, «das geht wieder vorbei». Aber es ging nicht vorbei.

Es war wie eine Krankheit. Es begann an den Ellbogen, später folgten kleine wehe Stellen an den Manschetten. Der Stoff wirkte mit einem Male dünner, und das hatte etwas Beschämendes an sich.

Die Zeit siegte: das Berliner Kostüm wirkte «abgetragen» und geriet mehr und mehr in Vergessenheit. Zudem hatte der Gegner begonnen, England mit «V 1» und V 2» zu bekämpfen. Die «Wunderwaffen» hatten keine Piloten an Bord, die daran hätten denken können, die Person mit dem schicken Berliner Kostüm zu verschonen.

Und dann war der Krieg zu Ende. Das grüne Kostüm blieb im Schrank. Immer demselben Schrank in immer derselben Wohnung, denn sie arbeitete weiter in London für eine neu gegründete Pariser Abendzeitung.

Die Journalistin entdeckte, daß sie, ohne es zu merken, den ganzen Kurfürstendamm bis zu Ende gegangen war, über den Lehniner Platz hinaus, die weiße Papiertasche mit dem Pullover tragend, den sie vorhin gekauft hatte.

Sie fühlte sich etwas verwirrt. Da war sie in Gedanken zuerst Unter den Linden gewesen, dann im Vorkriegsberlin und schließlich im Londoner Bombenhagel. Warum hatte die Dame im Modehaus auch von dem grünen Kostüm gesprochen?

Sie machte kehrt, um in ihr Hotel zurückzugehen, wo sie erwartet wurde. Aber die Gedanken kehrten wieder in die Vergangenheit zurück. Sie mußte an den Tag denken, an dem sie plötzlich Lust gehabt hatte, das Kostüm anzuziehen, um ihre Wohnung in Ordnung zu bringen.

Sie war dabeigewesen, die Zeitungen der letzten Tage durchzusehen, als ein Anruf von Anita gekommen war. Sie sei in der Nähe, könne sie auf einen Drink vorbeikommen? «Also bis gleich.» Sie bringe übrigens einen Freund mit.

Anita kam und mit ihr ein junger Kollege, Julien, der in derselben Nachrichtenagentur arbeitete wie sie.

Julien war sehr jung, und die Journalistin hatte den sonderbaren Eindruck, er sähe überdies noch jünger aus, als er war. Er sei erst vor einigen Monaten nach London gekommen, «um Karriere zu machen». Trotz des Krieges und der Bomben schienen die Aussichten in England besser zu sein als im Nachkriegsfrankreich. – Während die beiden Besucher bei ihr waren, blickte Julien immer wieder auf das fadenscheinige Kostüm, das sie trug, und das am rechten Ellenbogen schon etwas eingerissen war.

Als die Gäste gegangen waren, faltete sie das Kostüm sorgfältig zusammen und legte es in den Korb, der bereitstand, allerhand Dinge aufzunehmen, die nicht mehr gebraucht wurden und die in regelmäßigen Abständen von irgendeiner Hilfsorganisation abgeholt wurden.

Als sie in der Hotelbar angekommen war und, in Gedanken an London, einen «doppelten Whisky» bestellte, sah der Barmann sie erstaunt an. Bisher waren es Fruchtsäfte gewesen.
Sie war dabei, einen ersten kleinen Schluck zu tun, als sich eine Hand auf ihre Schulter legte. Sie hatte Julien nicht hereinkommen sehen. «Entschuldige, daß ich mich verspätet habe. Ich war noch einmal ‹drüben›, um zu sehen, ob es etwas zu berichten gibt. Es ist alles ruhig, die Straßen sind leer, und wenn man jemandem begegnet, so ist es ein Polizist in Uniform.»
Er erblickte die Papiertasche, die neben ihr auf einem Stuhl lag. «Hast du den Pullover gefunden, den du haben wolltest?»
Sie öffnete die Tasche und zog den Pullover heraus.
«Grün?» sagte er. «Du trägst doch niemals Grün.»
Sie sah ihn an, und er verstand ihren Blick. «Du hast recht. Das tolle Kostüm damals. Ich erinnere mich genau: grün, darüber so eine Art ganz zarter Goldschimmer...»
Sie staunte, schwieg und trank ihren Whisky. Das Leben mit Julien hatte sie gelehrt, daß man oft mehr sagen konnte, wenn man nicht sprach.

«Ich war dabei...»

Alex ist jung, und er ist ein Berliner. Man sieht ihm an, daß er ein glücklicher Berliner ist. Auch hat er die Gabe, seinen Wagen geschickt durch jeden Stau zu schleusen und gleichzeitig seinem Fahrgast – in diesem Falle mich – nicht aus den Augen zu lassen. Entweder, indem er sich streckt, um mit dem Blick den Rückspiegel zu erreichen, oder indem er sich immer wieder umwendet, um festzustellen, ob Berlins Sehenswürdigkeiten und vor allem seine begleitenden Erklärungen richtig «ankommen». Auch das jüngste Zeitgeschehen wird berücksichtigt, die Mauer-Nacht ausführlich geschildert, die Einigung kommentiert, die er «einfach großartig» findet. Keine Kritik an den neuen Mitbürgern «von drüben», und auch die häßlich hinkenden Worte «Wessi» und «Ossi» fallen kein einziges Mal. Fröhlich mischt er die Epochen: «Da war früher einmal...», «dort sehen Sie...» und auch «hier wird einmal der größte Sportpalast der Welt stehen». Meine Bitte, mich zur Otto-Grotewohl-Straße zu fahren, nimmt er mit besonderem Interesse entgegen.

Die Otto-Grotewohl-Straße hieß früher einmal Wilhelmstraße und war in der ganzen Welt so bekannt wie die Londoner Downing Street oder der Pariser Quai d'Orsay. Von hier aus wurde Deutschland regiert.

Es ist nicht schwer, einen Parkplatz zu finden. So weit man blicken kann, sind keine Gebäude zu sehen. Ein paar Touristen haben vor einem Erdhügel haltgemacht und fotografieren. Auf dem kleinen Hügel, der aussieht wie ein großes, zugeschüttetes Grab, liegen zwei leere Coca-Cola-Dosen.

Hier stand früher einmal die Reichskanzlei, und tief unter der Erde hat Adolf Hitler im Führerbunker die letzten Tage seines Lebens verbracht. «Soll jetzt voll Wasser sein», erklärt ein ältlicher Tourist seiner Ehefrau.

Ich sehe mich um. Hier gegenüber muß das Propagandaministerium gestanden haben, dort das Palais des Reichspräsidenten. Wo war nur das Auswärtige Amt?

Und da fällt mir auch der junge französische Historiker ein, der neulich im Fernsehen erklärte, «es sei nun endlich an der Zeit, mit den Berichten der Zeitzeugen Schluß zu machen». Was wohl hieß, daß wir, die dabei waren, den Historikern endlich das Feld räumen sollten, die über eine ganz moderne Ausrüstung an Dokumenten und Statistiken verfügten. Dabei sollte der ungeduldige Historiker doch wissen, daß die Zeit für ihn arbeitet.

Heute aber stehe ich hier, und kein Historiker kann sich mir in den Weg stellen. Ich allein sehe noch alle Gebäude, elegante Wagen mit Fahrern halten vor den Portalen der Ministerien, geschäftige Herren gehen aus und ein, die obligate Akentasche unter den Arm geklemmt. Viele damals wohlbekannt, heute vergessen.

Alex, der sich diskret entfernt hatte, nähert sich mir. Er

deutet auf ein großes Zelt, das in einiger Ferne sichtbar ist. «Manege-Theater» ist in Riesenbuchstaben darauf zu lesen. Ich folge Alex zu seinem Auto und in die Gegenwart zurück.

Wiedersehen
mit einer Hauptstadt

Über den Lautsprecher erklingt die Stimme des Piloten: «In wenigen Minuten erreichen wir Berlin.»

Die «wenigen Minuten» ziehen sich in die Länge, kommen nicht so recht voran, scheinen aneinander zu kleben. Noch nie habe ich ein Flugzeug so langsam landen sehen. Mußte das wirklich so sein?

Ich weise mich zurecht: Da hast du über fünfzig Jahre lang darauf gewartet, Berlin als deutsche Hauptstadt wiederzusehen, warst nicht einmal sicher, ob dies eines Tages Realität sein würde. Willst du dich jetzt wirklich mit den «wenigen Minuten» anlegen, weil sie zu langsam vergehen?

So begann mein Berliner «Sechstagerennen». Sechs Tage hindurch Runde um Runde drehen, den Jahrzehnten entlang, von Beginn der dreißiger Jahre bis heute. Ein «sportliches» Unternehmen, das dem Kopf mehr abverlangte als den Beinen. Und das obendrein noch etwas Sonderbares an sich hatte: Ich war zu Beginn des Rennens atemloser gewesen als an dessen Ende – die Atemlosigkeit der Erwartung, der Glaube an das Wunder. Die Mauer war gefallen. Westberlin und Ostberlin, zwei Städte, die ich gut kannte, wieder vereint, nun würde alles anders sein.

Am Flughafen Tegel hat ein übellauniger Taxifahrer mein Gepäck in den Kofferraum getan und wartet darauf, daß ich ihm eine Andresse angebe: «Hotel Kempinski, Fasanenstraße.» Ich füge hinzu, und meine eigenen Worte treffen mich unerwartet: «Über den Potsdamer Platz, bitte.» Ein beträchtlicher Umweg.

In meinem Arbeitsplan war der Potsdamer Platz erst für den nächsten Nachmittag vorgesehen, aber der schien mir plötzlich zu weit entfernt. Am Potsdamer Platz hatte ich damals, vor Beginn des Krieges, meinen letzten Abend in der Reichshauptstadt verbracht, und ich wollte ihn heute, an diesem ersten Abend in der deutschen Hauptstadt wiedersehen.

In Berlin geht ein wolkenverhangener, trüber Sommersonntag zu Ende. Wir fahren durch Stadtteile, die ich nicht kenne oder nicht in Erinnerung habe. Wenig Menschen auf den Straßen, die Häuser alt, traurig, alles etwas angeschlagen, alles in Grau. Dann weniger Häuser und mehr Ruinen, vielleicht die Leipziger Straße.

Das Pflaster unter unserem Wagen ist, so scheint es mir, mit einem Male holpriger geworden. Die Fahrt wird langsamer, wir nähern uns einem Stau. Ich erinnere den Fahrer: «Sagen Sie mir, wenn wir zum Potsdamer Platz kommen.» Der Fahrer wendet sich um: «Zum Potsdamer Platz? Wir stehen mittendrauf.»

Ein großer, sehr großer, leerer Raum. Die verschwundene Mauer hat zum Bild der Zerstörung beigetragen. Ringsum auf dem Pflaster sind frische Straßennarben zu sehen, darauf hin und wieder ein paar hingeworfene leere Flaschen.

Wir sind noch mitten im Stau, vergebens versuche ich

mich zu orientieren. Das Hotel Fürstenhof, wo hatte es gestanden? Und das Café Josty? War da nicht auch in der Mitte des Platzes ein kleiner Turm gewesen, mit einer Uhr, die immer sehr präzise die Zeit angab? Und das Haus Vaterland...?

Im Haus Vaterland hatte ich den letzten Abend verbracht, ehe ich damals, vor so vielen Jahren, von Berlin Abschied nahm. Francesco hatte unser Programm so ausgesucht, «daß ich später keine Sehnsucht nach Berlin haben sollte». Tatsächlich war ich niemals vorher in einem so großen und lärmenden Lokal gewesen: zwei Säle, einer für Bier-, der andere für Weintrinker. Im Weinrestaurant die Wände mit Riesenreliefs dekoriert, die das Rheintal darstellten. Als Sensation des Abends ging jede Stunde einmal ein künstliches Gewitter auf die imaginären Fluten des Rheins nieder. Unter den Gästen zahlreiche braune Uniformen, es wurde viel getrunken. Francesco und ich saßen Hand in Hand und logen einander an, wie das nur Liebende können, die einander kein Leid zufügen wollen: Es würde alles gut werden und wir hätten sicher noch eine gemeinsame Zukunft, er, der italienische Diplomat, und ich, die französische Journalistin. Und wußten doch beide, daß der Krieg vor der Tür stand.

Wir fahren durch die Tiergartenstraße. Links vom Hauptweg gab es früher einmal eine Regentenstraße, in der ich lebte und arbeitete. Bei meinem ersten Westberliner Besuch nach dem Krieg standen zwar die Häuser nicht mehr, aber es war noch ein Straßenschild da, an einer Laterne befestigt, halb abgerissen, das sich im Wind leicht bewegte. Nach so vielen Jahren ist nun auch das Schild weg, und über die nicht wiederaufgebaute Straße ist das Gras hoch gewachsen. Etwas weiter weg eine Hiroshimastraße, wie sie früher hieß, weiß ich nicht mehr.

Ich bin in Eile, von den fremd gewordenen Straßen wegzukommen, die schwer in der Dämmerung liegen, das helle, vertraute Licht zu erreichen, den Kurfürstendamm und mein Hotelzimmer.

An diesem ersten Abend in der neuen Hauptstadt bin ich früh zu Bett gegangen, der morgige Tag würde anstrengend sein. Aber mehrere Stunden später war ich noch immer hellwach. Es dauerte eine ganze Weile, ehe ich verstand, daß meine alten Berliner *nuits blanches*, die schlaflosen Nächte, mich eingeholt hatten. Schlaflose Nächte einer besonderen Art. Man blieb wach, nicht weil der Schlaf sich versagte, sondern weil man den kostbaren Tag verlängern wollte. Ich machte mit. Ich war jung, und ich lebte in Berlin, der jüngsten aller Hauptstädte Europas. Es waren die Jahre, die Gottfried Benn «Berlins Pariser Jahre» nannte. Obwohl gerade um diese Zeit so viele Pariser nach Berlin pilgerten, weil dort alles anders war. Eine neue Welt. Ein kleines Amerika mitten in Europa. Weniger traditionsgebunden als Paris, dafür avantgardistischer. Weniger geschichtsbewußt, aber dafür zukunftsträchtiger. Man konnte und durfte eine Menge, vorausgesetzt, man hatte Talent. «Berlins schönste Jahre», schrieb Gottfried Benn, «das kommt niemals wieder.» Und es dauerte auch nicht an, war mit einem Male zu Ende. Über Nacht war Berlin zur Garnison geworden: braune und schwarze Uniformen. Und das Hämmern Tausender von Stiefeln auf dem Pflaster der Straße. Berlin war keine Weltstadt mehr.

Weltstadt Berlin? Seltsam, wie auch das Dunkel einer einsamen, schlaflosen Nacht helfen kann, die Dinge klarer zu sehen. Klar und enträtselt. Die Erkenntnis, die sich von Tegel bis zum Kurfürstendamm so schmerzlich gemeldet hatte: Es war ein langer, ein sehr langer Weg, den Berlin zu gehen hatte, ehe die neue Kapitale wieder zur Weltstadt wurde.

Andreas oder
Ein stolzer kleiner Berliner

Und nun war Berlin wieder Hauptstadt und brauchte keine Beinamen mehr wie «Insel im Roten Meer der russischen Besatzung» oder «Frontstadt» oder auch «Lunapark des Kalten Krieges».

Im französischen Fernsehen gab es Sondersendungen. Eine davon wird mir unvergessen bleiben: eine Begegnung mit drei jungen Bürgern aus dem Osten.

Als Hintergrund hatte der Pariser Journalist eine ländliche Landschaft gewählt, im Mittelpunkt eine große Linde. Daneben zwei junge Männer, auf einer Bank sitzend. Der dritte lehnte an der Linde. Er sah den Fragesteller nicht an, sondern blickte in den Himmel.

Es war das gewohnte Frage- und Antwortspiel, allerdings mit Gesprächspartnern, die zwar beim Fall der Mauer sicherlich mitgejubelt hatten, jetzt aber nicht an der allgemeinen Verunglimpfung des gestürzten Regimes teilnahmen. «Es hatte auch sein Gutes.» Es folgten die bekannten Argumente: «Arbeit für alle. Niedrige Mieten. Ferienheime für Erwachsene. Krippen für Kleinkinder...»

«Und der niedrige Lebensstandard? Und die dauernde Präsenz der Stasi?»

«Ja», sagte der eine zögernd. «Stimmt. Die Stasi...»

151

Waren die Befragten alle derselben Meinung? Man merkte einen kleinen Unterschied: die beiden auf der Bank schienen unzufrieden. Die neuen Mitbürger, die «Wessis», wie sie sagten, gefielen ihnen nicht.

Der dritte aber, der an der Linde lehnte, war anders. Nicht unzufrieden, nein, unglücklich. Er hatte eine Heimat verloren. Die Worte wurden nicht ausgesprochen. Aber sie waren da.

Das Interview dauerte nur wenige Minuten. Ich konnte den jungen Mann nicht aus den Augen lassen, der an der Linde lehnte. Das blonde, glatt zurückgekämmte Haar, die Strähne, die immer wieder in die Stirn fiel und die er mit einer ungeduldigen Handbewegung zurückwarf, eine bestimmte Art, jedes Wort betont langsam auszusprechen...

«All das beweist gar nichts», sagte ich mir. Es war vergebens, die Frage blieb: und wenn dies nun wirklich Andreas wäre, der kleine Junge, den ich zu Anfang der siebziger Jahre in Ostberlin getroffen hatte? Er war damals zwölf Jahre alt und der interessanteste Gesprächspartner, den ich je in der DDR hatte.

Und dann waren die drei weg vom Bildschirm.

In dieser Nacht träumte ich von Andreas. Das stimmt nicht ganz. Zum Träumen gehört Schlaf, und ich schlief nicht. Es war wie eine jener fernen Berliner *nuits blanches*, in denen man nicht zu Bett gehen wollte, weil es zu viele Dinge gab, über die gesprochen oder beraten oder einfach nachgedacht werden mußte.

Heute, in dieser Pariser *nuit blanche*, hatte ich dem jungen Mann, der an der Linde lehnte und unglücklich war, einiges zu sagen.

Ich habe Andreas zu Beginn der siebziger Jahre in Ostberlin kennengelernt und ihn dann den Lesern meiner
Zeitung vorgestellt. Es war bei einer jener Stadtrund-
fahrten, bei denen man den Bürgern der DDR die Sehenswürdigkeiten ihrer Hauptstadt zeigte. Manchmal
waren Touristen aus befreundeten Ostblockländern dabei. Ausländer aus dem Westen waren selten. Der Zufall
hatte mich neben Andreas plaziert, der mir zunächst
keine Beachtung schenkte. Der Autobus hatte große,
hohe Fenster, und es gab draußen eine Menge zu sehen.

Abfahrt war am Alexanderplatz, dann ging es über die
Stalinallee – dort würden jetzt 5000 neue Wohnungen
gebaut, erklärte uns über einen Lautsprecher das junge
Mädchen, das als Führerin fungierte – zum Brandenburger Tor. Wir sahen einen russischen Offizier, der eine
Gruppe seiner Kameraden fotografierte. Im Hintergrund die Mauer.

«Nun kommen wir zur ‹Neuen Wache›», verkündigte
die Sprecherin vor dem «Mahnmal für die Opfer des Fa-
schismus». Der Autobus hielt ein paar Minuten an, um
uns am Schauspiel der Wachablösung teilnehmen zu lassen. Zwei Soldaten, die nunmehr die Kameraden ablösen
würden, die seit einer halben Stunde unbeweglich vor
dem Mahnmal standen, hatten den preußischen Parade-
schritt übernommen, die Beine fast bis zur Höhe des
Kinns hochwerfend, dazu das rhythmische Schwingen
des rechten Armes.

«Zackig», sagte anerkennend mein kleiner Nachbar.

Andreas – ich hatte bei der Abfahrt gehört, wie jemand
ihn mit seinem Namen ansprach – hatte die Szene mit

großem Interesse verfolgt. Er war ein hübscher Junge mit neugierig dreinblickenden haselnußfarbenen Augen, nett gekleidet, nach der damaligen DDR-Mode: ein Anorak aus Nylon, Schuhe aus imitiertem Leder. Unser Wagen kam leicht ins Schleudern, wahrscheinlich durch das schlechte Pflaster: «Wir sind wohl über einen Floh gestolpert», meinte Andreas. Wir mußten beide lachen, und so kamen wir ins Gespräch.

Zunächst wollte er wissen, wo die «anderen» seien. Die «anderen»? – Ja, die Mitglieder der Delegation.

Ich erklärte ihm, daß ich als Journalistin gewöhnlich allein reise. Allerdings müsse man ein Visum haben, und das hätte ich am Vortag in Paris bekommen.

Andreas wunderte sich zunächst darüber, daß ich Journalistin sei. Ich sähe gar nicht aus wie die Reporter im Film, hätte auch keine Kamera dabei. Und stellte keine Fragen, die manche Leute nicht beantworten wollten. Das habe er im Fernsehen gesehen. Nun aber war es der kleine DDR-Bürger, der die Fragen stellte: «Besitzen Sie einen eigenen Wagen? Sind Sie durch die ganze Welt gereist? Haben Sie schon einmal eine große Schiffsreise gemacht?» Und nach einer kleinen Pause: «Vielleicht werde ich Seemann, um die Welt kennenzulernen.»

Dann wurde er ernst: Stimmte es, daß die DDR das schönste Land in Europa sei und Berlin die schönste Stadt, vor allem wegen der wunderbaren Umgebung? Ich antwortete ausweichend: Ich würde die DDR nicht so genau kennen und sei auch nicht in allen Ländern Europas gewesen. Sei mir bekannt, daß man in der DDR alles werden könne, Straßenkehrer oder Astronaut? Ich antwortete nicht. Hätte ich sagen sollen, daß das in allen anderen Ländern auch so ist? Dann wurde Andreas nachdenklich:

«Aus Paris», sagte er, «das ist doch kapitalistisches Ausland.»

Ich zuckte die Achseln: «Ich weiß nicht, was das heißen soll.»

Nun war Andreas ganz bei der Sache: «Wissen Sie nicht, daß die Welt in zwei Lager gespalten ist, auf der einen Seite die Kapitalisten, die zwei Kriege gemacht haben und heute noch Krieg führen möchten? Auf der anderen Seite wir, die Friedliebenden?» Nun wurde ich ernst:

«Andreas», fragte ich, «sind das deine eigenen Ideen, oder haben dir das deine Eltern oder deine Lehrer erzählt?»

Der kleine Berliner dachte lange nach, er wollte offensichtlich nicht schwindeln. «Als ich ganz klein war, haben mir das die anderen, die Erwachsenen, erklärt. Heute sind es meine eigenen Ideen.»

Andreas saß eine Weile schweigend da. Ich konnte sehen, daß er angestrengt nachdachte. Dann sagte er fast gegen seinen Willen: «Was Kapitalisten sind? Kapitalisten sind Leute, die alles für sich selber haben wollen und den anderen nichts gönnen.» Er schien stolz darauf, eine so schöne Definition gefunden zu haben.

Allerdings sollte, kaum eine halbe Stunde später, seine Philosophie vom Verhalten der Kapitalisten eine gewisse Erschütterung erfahren...

Wir hielten an einem Gartenlokal am Müggelsee. Es sollte Kaffee und Kuchen geben, der Preis war «inbegriffen». Waren mehr Gäste gekommen als geplant?

155

Hatte der Wirt sich verrechnet? Es gab nicht genug Kuchen für alle.

Als «Westlerin» erkennbar wurde ich besonders gut behandelt (man solle nicht sagen, die DDR habe nichts zu bieten). Ich bekam ein großes Stück Heidelbeerkuchen und dazu eine entsprechende Portion Schlagsahne. Für Andreas, der klein und erwartungsvoll neben mir stand, blieb nichts übrig.

Wir fanden einen Tisch, nur für uns beide, und ich schob ihm automatisch meinen Teller mit Kuchen hin. Während er zugriff, trank ich meinen Kaffee.

(Du warst ein stolzes und glückliches Kind, Andreas. Ich habe das fröhliche «Danke schön» nicht vergessen, als ich dir meinen Kuchen überließ. Du warst nicht verlegen und auch nicht beschämt. Die Heimat, die du liebtest, konnte es sich leisten, einmal knapp an Heidelbeerkuchen zu sein. Und du schienst, in diesem Augenblick, auch nicht daran zu denken, daß die Unbekannte, die dir so selbstverständlich ihren Kuchen überließ, aus dem bösen, kapitalistischen Westen kam.)

Auf der Rückfahrt wurde nur wenig gesprochen. Vielleicht waren wir müde. «Werden Sie Ihren Lesern von mir erzählen», wollte Andreas wissen, als wir wieder am Alexanderplatz ankamen und den Autobus verließen. «Sicher werden Sie das», beantwortete er selber die Frage. «Aber erzählen Sie bitte nicht zuviel.» Zu meinem Erstaunen setzte er hinzu: «Die Menschen sind noch nicht reif, alles zu verstehen.» Wieder so ein eingetrichterter Satz, aber ich sagte nichts. Schaute eine Weile der kleinen Silhouette nach, die sich entfernte. Er schritt energisch aus, die Hände in den Hosentaschen, den Kopf zwischen die Schultern gezogen, um sich vor dem Wind zu schützen, der plötzlich aufgekommen war. Ein tapferer kleiner DDR-Bürger, der, sowenig wie wir alle, ahnte, daß sein Lebensweg ganz anders verlaufen würde als geplant.

«Was soll das?» würdest du mich fragen, wenn du nun tatsächlich neben mir säßest, wie damals im Autobus. «Das ist alles so lange her.»

«Ich weiß. Ich weiß. Du bist kein Kind mehr. Du bist ein Mann von fast dreißig Jahren. Verheiratet? Kinder? Und hast sicher einiges erlebt, das dich geärgert oder verbittert hat. Aber das, was man als Kind war, ist niemals ganz vorbei. Und das ist heute deine Stärke, Andreas. Du weißt, was es heißt, sein Land zu lieben und auch die Stadt, in der man zu Hause ist. Selbst wenn sie nicht «die schönste Stadt Europas» ist. Denke heute nicht an das, was dir genommen wurde, denke an das, was dem stolzen kleinen Berliner von einst geblieben ist.

Ich glaube, das neue Berlin braucht Menschen wie dich, Andreas.

STÉPHANE
ROUSSEL

Die Hügel von Berlin

Erinnerungen an Deutschland
Deutsch von Margaret Carroux
rororo Band 8581

«Mit der gleichen Präzision, wie Stéphane Roussel
das Dritte Reich beschreibt, schildert sie auch die
Bonner Politik.» *Die Zeit*

Todesnähe

Erlebnisse jenseits der Nacht
rororo Band 9657

«Ich erzähle die Geschichte eines reichen, lebens-
lang gut behandelten und gut funktionierenden
Gehirns, das dem Körper in schweren Stunden
helfen kann.» *Stéphane Roussel*

ROWOHLT